晴雨皆佳景

了然君

馔

不要在下雨时想念阳光

曾慧君 —— 著

中国友谊出版公司

图书在版编目（CIP）数据

不要在下雨时想念阳光 / 曾慧君著. —— 北京：中国友谊出版公司，2021.11（2022.4重印）

ISBN 978-7-5057-5326-6

Ⅰ.①不… Ⅱ.①曾… Ⅲ.①随笔-作品集-中国-当代 Ⅳ.①I267.1

中国版本图书馆CIP数据核字(2021)第190517号

书名	不要在下雨时想念阳光
作者	曾慧君
出版	中国友谊出版公司
发行	中国友谊出版公司
经销	新华书店
印刷	北京中科印刷有限公司
规格	880×1230毫米　32开
	9.5印张　176千字
版次	2022年1月第1版
印次	2022年4月第3次印刷
书号	ISBN 978-7-5057-5326-6
定价	39.80元
地址	北京市朝阳区西坝河南里17号楼
邮编	100028
电话	(010) 64678009

版权所有，翻版必究

如发现印装质量问题，可联系调换

电话　(010) 59799930-601

人生走到最后，
不过是一场孤独的旅行，
因为有你，我并不孤独。

自序
PREFACE

世间事，都是曲折的。

一条小溪，要经过千回百转，才能汇聚到江河。

一粒种子，要冲破黑暗重压，才能破土向阳光。

而我们，要经历诸多偶然的事故和坎坷，才能成为别人眼中的成年人。

这还仅仅是年龄上的成熟，并不包括事业有成和更广泛意义上的成功。如果算上这些，那势必要算上更多的挫折。

所以，所有的成长和努力，都值得被尊敬。

从去年到现在，这本文集的出版经历了一些迂回曲折、柳暗花明的故事，个中的琐碎事就不再详细阐述了，我和我的书稿一起度过了这段艰难时光，有过期盼，也有过失望。那时的我因此时常感慨，想做成一件事不容易，历尽千辛万苦未必有所收获，如这世间所有的求不得，在你付出了满腔的热情与爱意之后，换来的只是一声叹息，真的很遗憾！

所以，当我诚惶诚恐地献上我的文字，而它终于被印刷成册，被你们遇见，我觉得这实在是一件美好的事情。相比于这样圆满的结局，之前所经历的种种似乎就不值得一提了，甚至，我应该感恩它们的出现，给了我重新审阅文稿、重新审视自己的机会。

人生的许多事，就如那些行船后的波纹，总是过后才觉得美。

也许是性格的缘故，我早早就能记事，从我3岁开始，断断续续能记得家里的一些事情，于是就有了新村那段小时候的回忆。那里的人和事都是真实存在于我的生活里的，没有任何虚构。我就是在那样一个小地方成长起来的姑娘，从童年到少年，我在新村生活了将近15年。我一直觉得，人的性格和际遇与他的成长环境有着密切的联系，我之所以会和播音主持这份职业产生关联，甚至我今天会把发生在新村的故事写下来分享给你们，也许从我出生在那个环境里的第一天开始就冥冥中注定了。每个人的一生都有自己的标签，有自己独有的河道，独有的树干，而在它成为那棵大树之前，土壤里的养分就已经决定了它将往哪个方向生长。于是我忽然明白，未来的路我其实可以走得更加从容，只要一步一个脚印大胆往前走，即使不能到达远方，沿途的风景也足够让人动容。

每个人站在新的起点开启一段新的历程，总会经历一些挫折，就像我们的第一次蹒跚学步，第一次牙牙学语，有些尝试甚至还可能遭遇嘲讽与谩骂。我 20 年前第一次出现在屏幕前时，也同样经历了许多焦虑与不安。外界那些质疑的声音不断向我袭来，我的内心是煎熬的，我也曾彻夜不眠，默默流泪。作为一个初出茅庐的小女生，我渴望被理解被接纳，然而，不是所有人都能与你共情，理解你的困难与处境，即便愿意站在你的立场尝试去理解你，也不可能完全做到感同身受。每个人都只能在自己的生命里孤独地过冬。

我从许多个那样的时刻走来，跌跌撞撞，历尽千帆，然后成为现在的自己，我很珍惜，并对此怀着深深的感恩。

而今，我又将在一个新的领域迈开我的第一步，不知道前方等待我的会是什么。但至少，我已不再如过去那般焦虑与惶恐，我用真心写下的过往，好与不好，留给读者评说。

生命的溪流流入磅礴的江河，你会更加感谢沿途崇山峻岭带给你喘息的机会和无限风景。

感谢出现在我生命里的所有，包括鼓励，也包括质疑。我，会继续努力。人生如逆旅，你我皆行人。

目录 CONTENTS

第一部　彩色的光芒

为你掌灯的人	003
故事里的故事	006
熬夜	008
保鲜	010
走好每一步	012
易敏感征候群	014
刻在心上的名字	016
错过	018
习惯性拖延	020
聪明与智慧	022
千与千寻	025
善良的力量	027
闪光的平凡	029
我曾经爱过你	031
雏菊	034
取悦自己	036
关心则乱	038
是你变了吗?	040
孤独成双	042
我想请你吃饭	044

诗化记忆	045
爱的相遇	046
仪式感	048
不完美契合	050
今天你几岁	051
星空	053
永恒	056
初老症	058
暗夜同行	061
减法人生	063
独有的风景	064
岁月饶过谁	066
宁静	068
不要在下雨时想念阳光	070
为回忆上把锁	071
别等以后	072
与自己和解	074
送别	078
真正成熟	080
眼泪里的情绪	082
即刻启程	083
爸爸去哪儿	085

嘴角上扬的魅力	087
忘	088
异乡人	091
念念不忘，必有回响	093
追梦路上	096
我已飞过	099
来时的路	102
疤痕	106
爱鸟世家	108
天赐孤独	111
幸福指数	113
假如时光倒流	115
最浪漫的事	118
一生回味的时光	120

第二部　闪亮的日子

新村旧事	125
那一年的春节	129
大人们的战争	136
老太和她的猫	142
阿弟来了	149

偷偷吃掉的秘密	157
阿公	166
一起长大	178
阿季和阿全	184
我的父亲	190
摩托奇哥	200
阿妈	209
"公厕"小传	221
生命的伙伴	225
竹桥与环城河	243
音乐启蒙	247
外婆家的贺诞	255
稻田里的童年	260
阿愚	267
仲夏时节	274
再见,新村	282
后记	285

第一部

彩色的光芒

生活中你遇到过这样的掌灯人吗?
你在被人照亮的同时,
是否也曾照亮过他人的夜空?

为你掌灯的人

对于中国南方的城市，特别是珠三角西岸的滨海城市来说，每年的三四月份都是阴雨绵绵的日子。许是去年大半年没有下雨的关系吧，今年开春以来，雨水尤其频密。早晨，我在雨水的滴答声中醒来，懒洋洋地靠在卧室的沙发床头，看着窗外柳絮般飘落的绵绵细雨，听着雨水滴滴答答地敲击楼下树叶和玻璃窗户的声音，想起下雨天正适合读诗，尤其适合读海子的诗。诗里淡淡的想念，淡淡的忧伤，简单的言词，直击人心。比如我手边《海子诗集》中的这首《夜晚，亲爱的朋友》，这是海子于1987年5月20日傍晚写的诗，里面写道："什么季节，你最惆怅／放下了忙乱的箩筐／大地茫茫，河水流淌／是什么人掌灯，把你照亮。"

漫漫人生路，每个人都是迷途的羔羊，在孤独无助的时候，谁为你掌灯，谁把你照亮，谁指引你人生的方向？

有这样一个故事，一个在黑夜中赶路的书生突然看见前方有一盏灯笼亮着，便兴奋地走了过去。他发现掌灯人是一个双目失明的僧人，书生很不解，便问僧人："你双目失明，本来就看不见，为什么要白白浪费灯油呢？"僧人回答："我掌灯有两个好处：第一，我虽然看不见，但可以在夜间为别人带来光明。第二，在为别人带来光明的同时，也可以让别人注意到我的存在，不至于撞上我。我掌灯既为他人提供了方便，也同时保护了自己，一举两得。"

生活中你遇到过这样的掌灯人吗？你在被人照亮的同时，是否也曾照亮过他人的夜空？我的一位朋友跟我说，年少时由于家境不好，孤傲清高的他在高中繁忙的学业重压之下，一度失去了生活的乐趣。每逢周末，他会孤身一人从家里徒步往返学校，10多里的路途中，他想得最多的是"人为什么活着""生命的目的是什么"这些问题，可是没有人能够给他答案。高三有半年的时间，他夜夜失眠，睁眼到黎明。天还没亮，闹钟就响了，挣扎着爬起来，用冬天刺骨的冷水浇在脸上，然后又开始日复一日紧张又枯燥乏味的学习。这个时候，他最渴盼的是，有一个成熟睿智的人做他的指路明灯，回答他对生命的疑问，帮助他找到坚持下去的意义。

"你找到那个掌灯人了吗？"我问他。

"没有。"他回答，"后来我学会了自己给自己掌灯，再后来，我学会了给别人掌灯。"

在生命的某个阶段，我们都或多或少受到过他人的指点，有自己的偶像，他们的思想、语言、经历成为我们学习和比照的模板。即使一代伟人毛泽东，青年时也受到过曾国藩、杨昌济的思想启迪。

给我们掌灯的，有的是先贤，有的是恩师，有的是没有交集的名人，但更多的是身边的普通人。他们跟我们一样，每天忙于工作和生活，为生存奔波劳累，生儿育女，家长里短。他们用积累下来的点滴生存智慧点亮在生活中迷路的人。

更多的时候，我们都是孤身一人，就像一叶浮萍漂浮于大海。当周围漆黑一片，我们还可以为自己点亮内心的灯塔。

我们每个人都是掌灯人，掌灯引渡，自助助人。

故事里的故事

聊着聊着就聊到了艺考，那些过去了 20 年的陈年旧事，他眉飞色舞地回忆着。我听得眼泛泪光，像是又亲身经历了一次。我们已经有许多年没有提起这些往事了，日常琐事太多，把我们的一切时间填满。即便偶尔记起，也没有诉说的欲望。其实，也没谁有兴趣倾听你我的故事。

我的艺考之路是迷迷糊糊的。下了大巴，胖子把我带到了广州大学，在那儿考了两天，然后就离开了。后来接到通知说我考了第 21 名，迷糊之中我就上了广州大学，成了班上的 21 号。大学四年我在惶恐不安中度过，害怕上专业课，不敢当众讲话，自卑地缩在课室的角落，在本该享受快乐自由和放肆飞舞的日子里煎熬着。然而这一份卑微和惶恐，在未来的自我憧憬和现实的就业压力面前，都显得那样微不足道。

临近毕业时，胆子大了些，开始有梦想，希望做一个配音演员，有一份月收入 2000 元的工作。如果可以，希望有机会参加当年很火的"快乐女声"比赛。我打印了两份简历，一份投给广州《信息时报》，应聘社长秘书，另一份投给了佛山电视台。结果老天眷顾，我收到了佛山电视台见习记者的录用通知，月收入2300元，从此我踏进了媒体圈。

20年后我才知道，当我背着装满水壶、被子、衣服的麻包袋离开家乡上大学，在车站和父母洒泪告别时，他也背着一个大大的行囊，独自一人前往北京参加艺考。一个广东人操着一口"广普"去北京，住在地下室，每天起早贪黑练功，不断请教老师，目的只有一个：通过北京的艺考成为演员。他说，只要能当演员，给口饭吃就行。他下了很大决心，拼尽全力，没想到还是只能当别人的垫脚石。

他失望而归，曾经的地下室兄弟给他寄来一份招生报纸，告诉他广州大学招粤语播音员专业的艺考生，他不假思索地就报名了。就这样，他成了我的师弟，后来又成了我的同事。人生就是这么奇妙。

你还想当演员吗？我问。他无奈地摇摇头。我们彼此看着，相视而笑。就像大多数不得不向现实妥协的人一样，我们被生活的浪潮推着往前走。但还好，路边的小花、天空的候鸟、井台上的绿痕、田野的炊烟，我们都看过了。它们留在了我们的故事里。

熬夜

连续熬了几个夜晚,昨晚终于能早点入睡了。整晚好眠让全身心得到放松,我才发现原来睡觉是这么舒服的一件事情。

身边的很多朋友和我一样,都喜欢熬夜,似乎熬夜已经成了现代都市人的一种集体生活习惯。每到晚上本该睡觉的时间,却精神焕发,睡意全无,即便熬到眼皮打架,哈欠连连,还是不愿意睡觉,非要熬到坚持不下去了,才肯依依不舍上床。

我们好像有很多不按时睡觉的理由,比如夜晚宁静、无人打扰、晚上做事高效率等。到了第二天早上起不来,上课上班迟到了,我们又后悔:要是昨晚早点睡觉该多好呀。但第二天晚上,还是会不由自主地开始拖延,欺骗自己再过一会儿就睡,结果又搞到凌晨才作罢。终于,熬着熬着,我们把肝脏熬坏了,头发熬白了,面容熬老了,身体熬出病了,才下决心要早睡早起,改掉熬夜这个坏习惯。但好不容易坚持了几天,身体状况稍一好转,又开始了新的熬夜。

中医说，子时（晚 11 点至凌晨 1 点）是胆经当令的时间，也是阳气初生的时候，此时最好处于熟睡的状态，初生之阳，易静不易扰，胆不清，脑不清，伤了肝脏，两鬓白发生。而按照西医的说法，这个时间段也是人体分泌褪黑激素和生长激素的高峰期，此时不入睡，成年人容易衰老，年轻人长不高，早上补多久的觉也是枉然。

因患癌英年早逝的复旦大学青年女教师于娟，她生前写的《此生未完成》里面有句话："在生死临界点的时候，你会发现，任何的加班（长期熬夜等于慢性自杀），给自己太多的压力，买房买车的需求，这些都是浮云。"

人是有惰性的，自律很难，如睡觉这件事。你是想慢性自杀呢，还是真的行动起来，学会自律生活，和惰性说再见呢？

保鲜

有人给我送来一篮子粉红色的茶薇花。粉红色的花瓣透着淡淡的香气，宛如18岁少女的淡雅和清芳。

都说女人如花，看到花，自然而然地让我想到了女人的容颜。女人为了永葆青春，使用各种护肤品、化妆品，用来吃的保健品层出不穷，甚至一些女性还不惜为此整容。但是青春能永存，容颜能不老吗？即便我们年年收到"祝愿你永远18岁"的生日祝福，但它从来不曾实现过。其实，真正能永葆青春的不是容颜，而是我们的心境。

容颜易老，心境由人。随着年纪的增长，从幼年到少年，从青年再到中年、老年，我们的生理机能在慢慢成熟，也在不断退化。渐渐地，你会发现，面容不再细嫩光泽，肌肤不再紧致有弹性，鱼尾纹爬上了眼角，满头青丝染上了白霜。无论你如何努力，买多贵的化妆品，穿多漂亮的衣裳，都抓不住岁月的尾巴，该来的总会来的。于是我们开始懂得，在如花的年纪，也同时花心力培养自己心灵或品质上的价值，学会用一种积极正面的态度面对人生。

我见过一些老太太，在面对生命的无常和人生的不如意时，她们顺其自然，泰然处之，对生老病死的自然规律不抗拒、不害怕、不回避，表现出对生命的豁达。她们不在意他人的眼光，将白发当成生命的奖章，活出了真我的风采。她们的模样，才是青春该有的样子。

愿你白发苍苍的时候，依然风度翩翩。

走好每一步

有朋友跟我抱怨,他又换工作了,这应该是他近年来换的第四份工作了。我问他为什么。他说,自己之前做的那些事毫无意义,感觉是在浪费生命。

我问,那到底什么是有意义的事呢?什么事可以让我们做了以后不枉此生、死而无憾?

他想来想去,没有告诉我答案。

是的,我们的生命短暂且珍贵,珍贵到无论我们做任何事,似乎都有点可惜。但是人在这个世界上,总是要做一些事的,于是,我们只能选择去做一件件微不足道的事。球星迈克尔·乔丹曾说:"我向来都以登峰造极为目标,不过凡事我都按部就班进行。我向来都订短程的计划,回顾过去,每一小步每一次成功,都引领我走向下一步、下一次成功。"

乔丹的话虽然简单,但寓意却很深刻。其实,生命的意义就是确立自己的目标,然后朝着目标,一点一滴地进步,一天一天地积累,一个台阶一个台阶地攀登。

所以,不要小看那些微不足道的事,因为

那才是最有意义的事。它的意义在于，重复劳动，过程枯燥乏味，但日积月累，就会有意想不到的收获。比如，有一天你会突然发现，你已经在不知不觉间，把那些往日看起来高不可攀的目标踩在了脚下。

坚持把每一件小事做好，你一定有所收获。

易敏感征候群

有这样一些人，他们对外界特别敏感，非常在意别人的评价，被称为"易敏感的人"。他们普遍有以下几个特征：1. 感受力强，倾向于感性地对待事物；2. 喜欢独自行动；3. 容易举棋不定；4. 十分关注细节；5. 同他人相处非常重视礼节；6. 容易感到焦虑或者愤怒；7. 是很好的团队合伙者。如果某个人符合上述五个以上特征的话，基本上可以断定这个人为易敏感人群中的一员。

在事情发生后，易敏感的人会在自己脑海中加工出许多细节，产生各种对自己不利的想象，这样过度演绎的结果就是让自己身陷其中，不能自拔。当然，这种特点不只针对特定的人群，很多人身上或多或少都有这样的情况，可能是在某个特定的时间段，也可能是面对某个特定对象或特定事件。过于敏感会让自己变得不自信，内心备受煎熬，是一种不正常的精神状态。该如何应对呢？

接受自己的不完美。当发现自己有过度解读的倾向时，尝试转移注意力，让自己的身体和思想动起来，比方说做做家务，做做运动，或者想想更有吸引力的人或事，尝试让自己对特定的事情变得迟钝一些。

拥有被讨厌的勇气，要有点无赖精神。因为你永远不可能让所有人满意，就算你做得再好，不喜欢你的人照样不会喜欢你。

如果你正在努力改变，希望以此让自己值得被爱，那么你现在要做的事就是停止这种努力，没有必要为了取悦他人，刻意改变自己。

如果你正在费尽心思隐藏自己的内心，你现在要做的事，也是停下来，不要隐藏。我们大可将真实的一面展现出来，敞开心扉，放飞自我。因为那个真实的你，很美。

刻在心上的名字

我们都经历过年轻时代青涩的爱情。那个年纪的女孩子，你在路边摘一朵花、画一幅画或者写一首诗给她，她都会把它当成宝贝。我就是这么过来的，记得上学那会儿还流行写信，有时每周都能收到他寄来的信件，向我诉说衷肠，表达相思。然后，我便快乐得像只小鸟儿，捧着来信慢慢读，慢慢品，生怕漏掉任何一个字。读完，还要从头到尾再细读一遍，直到对信件的内容滚瓜烂熟。那样的用心，完全是出于欢喜，出于对第一次懵懂爱恋的珍惜。那个年纪的我们，内心单纯得像一张白纸，从没想过要名贵的礼物、房子、车子，也从不奢望对方太多的承诺，只要你眼里有我，便足够。

一位作家说，如果一个女孩子在你一无所有的时候愿意和你在一起，你一定要珍惜，要好好爱她，千万不要走着走着，把她弄丢了。等到你拥有万贯家财时，你以为给她丰厚的物质便可弥补一切，那你就错了。因为她本来就不是因为这些跟你在一起的。

因为对你的欢喜，所以毫无保留付出，真

心实意愿意跟着你,去往海角天涯。从此她也希望,你能保留初心,在日后被尘埃覆盖的心田,刻上她的名字。

错过

有时候你特别需要一样东西，你去找它，翻箱倒柜都找不到，于是你放弃了，重新买了一件。但你忽然发现，它原来就在你的眼皮底下，安静地躺在那里，积了厚厚的一层灰。是灰尘遮蔽了你的双眼，让你与它上演了这样的一次错过。

大千世界，人与物之间，人与人之间，每天都在上演着这样的错过。

等待花开，却错过了花儿怒放的那个夜晚；等待日出，却错过紫霞吐晕的那个瞬间；等待梦圆，却错过了与成功的邂逅；等待与她携手步入婚姻殿堂，最终却将她遗失在街头的转角。

人生本就是一门遗憾的艺术，所以遗憾并不可怕，可怕的是走不出遗憾。泰戈尔说："如果错过太阳时你流泪了，那么你也要错过群星了。"（出自泰戈尔《飞鸟集》）是的，生命中有太多美好的东西容易转瞬即逝，假如我们因每一次错失而陷入悔恨，那么我们可能会失去更多美好的机会。

要知道，东隅已逝桑榆非晚，错过了太阳，

依然有闪烁的群星。

不必感叹,"众里寻他千百度。蓦然回首,那人却在,灯火阑珊处"。也不必感伤,"你我若只如初见,何须感伤离别"。你说你最爱繁花似锦的春天,到处荡漾着青春的气息,可是,你还是错过了那些美丽的花儿。但请别放弃期待,因为花儿会一路盛开。

习惯性拖延

当我们决定要去做什么事的时候，通常会说"从明天开始"。这似乎已经成为大部分人的口头禅和行为习惯。

但所谓的明天，如果我们没有行动的话，是永远不会到来的。因为只要过了今天，我们又会跟自己说："明天再开始吧。"这样，"明日复明日，明日何其多"，后天，大后天，我们的想法始终无法实施。

不知道从什么时候开始，拖延成了大部分现代人生活的一种常态。想做的事不会立即去做，不想做的更是抛到一边。习惯了凡事拖一拖、等一等、看一看、慢慢来，习惯了从明天开始，形成了所谓的"习惯性拖延"。

习惯性拖延受到遗传因素、个人习惯和现代社会快节奏的影响。有时我们会把它的原因归结为，因为要面对和处理来自多个方面的任务，精力有限，事有轻重缓急之分，所以把不太重要的或者不太急的延后处理。其实这只是表象，背后还有更深层的复杂的心理因素：可能是目标任务难度太大，超出了自己的能力；

可能是我们害怕承认自己的缺点,认为只要不去做就不会暴露自己的不足;可能是只满足于当下的感受,对未来的感知较迟钝,甚至故意忽略等。

我们喜欢拖延,总以为还有下一次,时间还多,还有机会。但如果拖延成为习惯,总是不能按时完成自己设定的目标,人就会有挫败感,长此以往,会对自己产生怀疑,滋生焦虑感和抑郁感。而自我批评带来的负面情绪,又加剧了拖延的行为,形成"拖延—自责— 更加拖延—更加自责"的恶性循环。

认真想一下,明天比今天好吗?答案是否定的。明天的我们年纪更大,勇气有可能会更少,借口会更多。所以,如果想做什么,当下就去做吧。我们可以将宏大的、艰巨的目标设定为一个个小的、容易实现的目标,再为每一个小目标的实现设定一个奖励。我们还要学会自我关怀、自我肯定。最重要的一点是,要树立"对于想做的事,最好的时间点就是现在,就是今天"的观点。

行在今天,做在当下,才能走好未来的路。

聪明与智慧

这个世界上聪明的女人很多，但智慧的女人却凤毛麟角。从高智商到高情商，有时是一道不可逾越的高墙。墙的这边，是小聪明，墙的那边，是大智慧，很少有女人能够越过高墙，把品格、才情、人情融会贯通，成就完美的人格和人生。

我想起陆小曼、张幼仪和林徽因。她们聪明，人生起点高，才学能力出类拔萃，但三个人却走出了三条不同的人生轨迹。

陆小曼，有着美艳的外表，年少时受过良好的教育，有深厚的文学功底，擅长油画，还会弹钢琴。胡适认为她是不可不看的风景。但当美艳动人的她遇上了浪漫多情的徐志摩后，她仍不舍交际场上的欢声笑语和酒杯的觥筹交错，以至于徐志摩不得不拼命工作，赚钱养家，透支了国民诗人的才情和生命。这段经历也导致陆小曼一直被世人诟病。

而林徽因能够成为人们心目中的女神，不仅在于她美丽的容貌、丰富的学识，更在于她在追求浪漫的同时，能够始终保持清醒。她始终知道自己要什么，不要什么。在面对徐志摩的疯狂追求时，她仍然能清醒地认识到，"徐志摩当初爱的并不是真正的我，而是他用诗人的浪漫情绪想象出来的我，而事实上我并不是那样的人"。所以，她最终没有选择将她视为胸口朱砂痣的徐志摩，没有选择为了她终身不娶、一生比邻而居的金岳霖，而是选择了梁思成。她放弃名媛生活，埋头做学术，与梁思成共同设计了中华人民共和国国徽、人民英雄纪念碑等作品，成就了一代建筑大师的美名。

最后我想说说张幼仪。如果说陆小曼是高开低走，那张幼仪就是从高处滑落，又从低谷绝境中奋起，最后一飞冲天。在她身上，完美地诠释了旧时代女性的温婉和新时代女性独立人格的统一。虽出身名门，但作为徐志摩的第一任妻子，她从一开始就被嫌弃，并在怀孕的情况下被要求离婚，被抛弃在国外，陷入人生绝境。她没有因此一蹶不振，而是从巨大的打击中走出来。她远赴德国留学，并完成学业。回国后，她办起了云裳服装公司，把公司经营得风生水起，引领了上海滩的潮流。

在我看来，三个女人都是聪明女人，但显然并不全都是智慧女人。我以为，有智慧的女人是能参悟人生秘密的，他们独立、坚强，在逆境中不放弃，最后找到自我，也实现了自我。

从聪明到有智慧，我不知道有没有直通车，不过我想，如果一个女人聪明到有所净、禁、戒，不依靠男人生活，不拿自己的灵魂做交易，不跟魔鬼攀缘，她或许就离智慧近了一步。在有所不为的日子里，还能够允许自己的内心留有片刻的宁静，不随外物起舞。或定下心神花两个小时插插花，度过一个满室生香的下午，又或者听听歌，消磨一个随心的清晨。我不知道这算不算女人的小智慧，但我知道，当你的周围万籁俱寂，当你的内心充盈、安宁时，幸福便在眼前。

千与千寻

当我听到《千与千寻》的主题曲，我马上爱上了这首歌，然后去看了这部电影。这是一部不仅献给小朋友，也是献给所有人的动画电影，那里面充满着对现实世界的各种隐喻和解构重现。

在那个充满诱惑和陷阱的世界，因为贪心，或者因为好奇，一不小心，我们就会跌进无底深渊，无法自拔，然后再也走不出去了。面对未曾经历过的神秘世界，被剥夺了名字的瘦弱女童千寻从最初的慌张无助到后来的独立坚强，她凭借真诚、勇敢和爱心，帮助了里面的许多人渡过难关，最终救回了父母，并找回了自己的名字。这是一个孩子找寻自我、成长蜕变的历程。

你有没有从千寻的这场奇异冒险之旅中，看到那个渐行渐远的自己？那个光怪陆离的奇妙世界，其实就是我们现实世界的缩影，它有着自己的秩序，也有着太多的诱惑。而我们，都在被自己不断膨胀的欲望所支配，变得贪婪和自私，渐渐失去了感知幸福的能力。幸运的是，我们能在它的光影世界里成功唤醒这种能力，同时，也在千寻身上看到自己成长的影子。

人生路上，我们会面对挫折和失败，也会面对欺骗和别离，当然，我们还会面对欲望和陷阱。而我们所能做的，就是无论何时何地，都要勇敢、善良，这是帮助我们抵御外界诱惑的最宝贵的品格。就像影片中的千寻，她始终真诚地面对自己和那个世界，才有了后来那令人欢喜的结局。也如中文版歌词里唱的那样，"就此告别吧，亲爱的旅人，没有一条路无风无浪，会有孤独，会有悲伤，也会有无尽的希望。生命无限渺小，却同样无限恢弘，你为寻找或是告别耗尽一生，也足够让人心动……亲爱的旅人，你仍是记忆中的模样，你灵魂深处，总要有这样一个地方，永远在海面漂荡，在半空中飞扬，永远轻盈永远滚烫，不愿下沉，不肯下降。"

善良的力量

某天，我路过医院，看见一位阿伯，他衣衫褴褛，面容憔悴，满身污泥地站在马路边行乞。路上行人来来往往，每个人都行色匆匆，虽身处繁华都市，行乞者破烂的打扮突兀且奇怪，明显与周围的环境格格不入，但也吸引不了几个路人的注意，没有人愿意为他掏几块钱。也不足为奇，这样的场面见多了。反倒是谁要是在那瞬间稍作停留被他注意到，不管出于何种原因，尴尬或者怜悯，都要或多或少向他碗里放几个硬币，不然自己也过意不去。

因此路人大多假装看不见他。阿伯放在地上的小碗里面，只零零散散地躺着几个硬币。

忽然，旁边一个同样站在路边卖烤番薯的小贩大姐用方言叫了他一声，嘈杂的环境里，这样一声温暖的呼唤让阿伯感到诧异。他瞪大眼睛，充满疑惑地向周围扫了一圈。

"对，就是叫你，过来吧。"小贩看着他，肯定地说。老阿伯还是半信半疑，他低头向她走了过去。

只见那小贩在大烘桶上面快速搜寻着，时

不时拿起一根番薯用手轻轻按几下，又快速放下，看样子像是在挑选熟透了的番薯。接着，她从中挑选了一根不大不小的冒着热气的番薯递给了阿伯，"来，给你。"

老阿伯这时才抬起头，看了小贩一眼，继而又迅速转移了视线。他双手哆嗦着从小贩手里接过那根热腾腾的番薯，对她低声说了句"谢谢"，便快步走回自己的地盘，在那只孤零零的碗面前蹲了下来。他急急忙忙地剥开番薯，三两下就吃完了。

看到此景此景，我的鼻子涌上一阵酸楚，来自底层社会的善良温暖了老阿伯，也温暖了我这个路人。我向阿伯走了过去，把早就准备好的零钱放进了他面前的碗里。

临走，我特意路过小贩大姐的身边，当我们四目相对时，我看见她也正微笑着对我点了点头。有句话一直挂在嘴边，却最终没有对她说出口。"你本一无所有，却依旧善良如初"，那个寒冷的冬日，因为你，我在灰白的世界里，看到了来自春天的色彩。

闪光的平凡

路遥《平凡的世界》留给我印象最深的是这段话：在我们这个星球上，每天都要发生许多变化，有人倒霉了；有人走运了；有人在创造历史，历史也在成全或抛弃某些人。每一分钟都有新的生命欣喜地降生到这个世界，同时也把另一些人送进坟墓。这边万里无云，阳光灿烂；那边就可能风云骤起，地裂天崩。世界没有一天是平静的。

对大多数人来说，生活的变化是缓慢的。今天和昨天似乎没有什么不同；明天可能和今天一样。也许人的一生仅有一两个辉煌的瞬间，甚至一生都可能在平淡无奇中度过。

细想起来，每个人的生活都是一个小世界。再平凡的人，在他的小世界里，都曾有过高山低谷，他也要为他的那个世界而战斗。从这个意义上说，平凡的世界里，没有一天是平静的。

书中的孙少安、孙少平生来平凡，在打倒"四人帮"、实行包产到户、改革开放的大背景下，兄弟俩不屈服于命运的安排，携手演绎了一个个冲破保守枷锁的时代强音，成为波澜壮阔的大时代的见证者、参与者和创造者。他们不是英雄，而是跟我们一样的普通人，多年以后，当时代印记和光环褪去时，他们依旧只是陕西农村里普普通通、老实巴交的农民。那时你遇到他们，可曾想到，他们年轻的时候有过怎样的经历和荣耀时刻，演绎了怎样的时代风云。

我还想到余华《活着》里面的福贵。他年老时孑然一身，在夕阳西下的暮色中，拉着一头老牛扶犁耕地，两个垂暮之年的生命，将那块古板的田地"哗哗"翻动，犹如水面上掀起的波浪。你只会当他是一个老态龙钟的辛勤的老人，会可怜他到老仍不得休息，但哪里知道他年轻时也曾大富大贵，家庭美满，儿女成双，只是由于赌博恶习，他的财富一夜之间输光，妻子和儿女又因天灾人祸从他生命中一个个消失。当唯一的小孙子也离他而去的时候，生命的悲怆达到了顶点。他的身上淋漓尽致地展现了人生苦难，活着于他而言就成了人生的最大意义。

没有一个人的一生是真正平凡的，再平凡的人生都可以是一部可歌可泣的史诗。

我曾经爱过你

普希金的《我曾经爱过你》，是我从学生时代就喜欢的一首爱情诗，它被我郑重地记在小本子上 20 多年了。在那个尚不知爱情为何物的年纪，摘抄下这样一首诗，似乎有点"为赋新词强说愁"。而今再上层楼，对诗歌里爱而不得的悲伤和忍痛祝福对方在爱的世界里圆满的心情，已有深切体会。诗歌这样写道：

我曾经爱过你：爱情，也许，
在我的心灵里还没有完全消亡，
但愿它不会再打扰你，
我也不想再使你难过悲伤。
我曾经默默无语、毫无指望地爱过你，
我既忍受着羞怯，又忍受着嫉妒的折磨，
我曾经那样真诚、那样温柔地爱过你，
但愿上帝保佑你，
另一个人也会像我一样爱你。

成年人难免会有几段感情方面的经历和纠葛，然而真正伴你走到最后的只有一人，其他的都只能成为生命中的过客和"最熟悉的陌生人"。如何面对曾经爱过的人？你可以选择原谅，也可以漠然视之，当然，你也可以因为感觉遗憾而终生放不下。但不管你做何选择，那个人总归曾经在你生命的某一段时间温暖过你，点亮过你。而后，那段经历、那个人也只能化作某首歌或某句诗，在你忽然忆起 ta 时，成为一个符号，浮现在你的眼前。

曾经一段时间我很喜欢一首歌词，里面道尽了恋情破碎后恋人的心理，歌词是这样写的：

听说，你心有所属，你遇到了她，即将步入婚姻殿堂；对我来说，一切都还没有结束；没关系，我会找到某个像你一样的人，并送给你我最诚挚的祝福；你知道吗，时光飞逝得多快，就在昨天，还是我们一起的生活，我们的爱在夏日的薄雾中萌芽，青涩的岁月满载惊喜；有时候爱情能永远，但有时又如此伤人。

爱情是最美好的，也是最伤人的，爱而不得是人生最大的遗憾。1994年，紫霞仙子在至尊宝的心里留下了一滴泪。2013年，当周星驰重拍《大话西游》时，在《一生所爱》的背景音乐下，他让唐僧说出了19年前孙悟空没说出口的那段台词："第一次见到你，就爱上你了，一千年，一万年。"而后，他在接受柴静采访时，当柴静问他，这句话是不是他人生最想说的话。他黯然了，眼角含泪说，你也有这个感觉吗？谢谢你呀，谢谢。此时的他，名满天下，头发花白，却孑然一身，而他的紫霞仙子早已嫁为他人妇。

　　我曾经爱过你，说不定，现在还是爱着你。前尘往事，都放下吧，各自安好，便是晴天。

雏菊

我爱着，什么也不说，只看你在对面微笑。

我爱着，只要我心里知觉，不必知晓你心里对我的想法。我珍惜我的秘密，也珍惜淡淡的忧伤，那不曾化作痛苦的忧伤。

我宣誓：我爱着放弃你，不怀抱任何希望，但不是没有幸福。

只要能够怀念，就足够幸福，即使不再能够看到对面微笑的你。

这首阿尔弗莱德·缪塞的《雏菊》，是我10年前爱上的。一个刚刚懂得暗恋之苦的女孩儿遇上了这首诗，就好像遇到了一个知己。有谁能用如此准确的语言表达出我的内心世界呢？雏菊，我一直深深爱着。

有句话说得好：诗人的不幸是诗之幸。诗人在遭受沉重打击，悲痛之余写下了虐心的诗文。字里行间，可以感受到诗人对其所爱之人的迷恋。但一厢情愿的爱慕，得不到对方的回应和认可，这种纠结和心痛，也着实可怜。

韩国有一部电影也叫《雏菊》，讲的是一个女画家与两个男人的故事。他是一个在逃的罪犯，只能在角落里暗恋着女画家，他每天托人送一束漂亮的雏菊给她。终于有一天，他鼓足勇气让她给他画一幅肖像画，他痴迷地望着眼前为他作画的心上人，眼里溢满了幸福。可谁知画到一半，她就画不下去了。他上前一看，发现画里画的并不是他，而是另一个男人——他的情敌。从头到尾，她的脑海里、心里一直都只有那个人，哪怕他在她面前表露出无比的爱慕，她也毫无感觉。

你耗尽心力去追求的心上人，却心有所往，甚至对你的爱慕视而不见，这种单恋的痛苦，叫悲伤。爱无果，求不得，人世间的痛苦莫过如此。

但那一朵雏菊却依然在我的心里。

取悦自己

为谁而活，为自己还是为别人？这不仅是姑娘们要考虑的问题，也是每个人常常要问自己的问题。

你会不会很在意别人的看法？别人觉得你好，你就开心，别人觉得你不好，你就觉得生活没意义。我认识一些女孩子，她们为了取悦他人，取悦自己的伴侣，不惜改变自己的性格、习惯、饮食、爱好，有些人甚至还去改变自己的容颜，到最后，她们变成了一个连自己都不认识的人。

这样的改变是非常危险的。对方假如能接受你的改变还好，一旦对方否定了你的改变，那你之前为他所做的所有努力都将化为零。

所以，这样的改变是否值得呢？答案是不言而喻的。从结果来看，你的改变未必能得到对方的肯定。再者，如果他爱的是改变后的你，说明他当初根本不爱你，你的改变是没有任何意义的。何况，自我人格确立后，我们再想要彻底改变基本上不可能，而我们能做的，只有掩饰和微调，所以你的改变基本上是徒劳。

当然，我们还是要区分改变和妥协，这是两个概念。生活的确需要双方适当妥协和退让，但前提是他真的喜欢你、欣赏你，否则你的无底线退让和改变只会纵容他，让他更加坚定离开你的决心。

我们要为自己而活，因为真正能够取悦自己的不是他人，而是我们自己。为获得才华和丰富人生所做的努力，哪怕最后没人承认和肯定，至少我们获得了自我认同感，建立了自信心，我们就可以更加坚定地走向未来的人生。这一点，对于喜欢依赖男人的姑娘们来说，尤为重要。

关心则乱

常言道:"关心则乱。"

那些你在意的,往往会成为你最捉摸不透的、也得不到的东西。事物如此,人亦然。因为关心,而为其惶惑;因为在意,而为其焦虑;因为重视,而患得患失。

于是,总觉得自己怎样做都不够多、不够好。我精心浇灌花朵,日上中天时担忧泥土被晒干,阴雨连绵时担忧根系被泡烂。凑近时怕看羞了花骨朵,疏远时又怕它觉得被冷落。我快忘了花草自有生长的规律,对它而言,阴晴雨雪都是大自然早已立定的契约。然而,我也几乎忘记自己的存在,自己的生长。

如果,我们把时间和心力都投在自己身上呢?某些执念,早已披上了"关心"的外皮,有些"在乎"会让你忘记自己最初的模样。患得患失的心情,终成一叶障目,使人不见自我。

当我们先去在乎自己、雕琢自己,让自己变得越来越好时,我们就会发现:有些担忧不需担忧,有些焦虑不值得焦虑,那些我们在意的却抓不住的事物,正在慢慢向你靠近。

我想,还有一句话也很好:"你若盛开,蝴蝶自来。"

是你变了吗？

为什么恋爱中的男女看到的都是对方的优点呢？因为新鲜感，也因为多巴胺激素的作用。它让我们一见钟情，使大脑产生一种无与伦比的美妙感觉，所谓情人眼里出西施。

但这个世界上没有完美的人。女人在面对异性的追求时，一定要保持足够的理性，不要被冲动冲昏了头脑，要搞清楚他喜欢的是真实的你，还是他用浪漫情怀想象出来的"你"，而现实生活中的自己是不是他想象的那个样子。男人在追求异性时，也不要只被对方的外表所迷惑，要看到外表下的本质。毕竟感情可以冲动，婚姻却不能只靠想象，再美好的感情最终都要回归生活本身。而生活不仅是花前月下、男欢女爱、你侬我侬，还有拨开遮蔽我们双眼的单纯爱情后，柴米油盐、一日三餐的平淡日子。

结束爱情长跑，进入婚姻"围城"后，女人可能会发现男人失去了绅士风度，不再殷勤体贴、温柔浪漫，变成了不拘小节、邋里邋遢、不讲卫生、沉迷游戏的大男孩。而男人也可能会发现女人不再超凡脱俗，失去了往昔的温柔可爱，不再妆容精致、打扮入时、善解人意，而变成了身着睡衣、坐姿不雅、世俗世故的普通小女人。

是对方变了吗？不是的。从爱情的天堂回归到婚姻的现实，才是真正考验双方感情的时候。只有当两个人的心灵坦诚相见后，还能互相欣赏，心心相印时，双方才能实现情感的升华，成就携手一生的浪漫。

如果我们在恋爱之初就能明白这一点，可能我们会少走很多弯路。

孤独成双

有朋友私信问我感情和婚姻的意见,他们大多是感情的失意者,年轻的时候抱着爱情至上的理念,爱得死去活来,轰轰烈烈,无奈爱情无疾而终。后来感情又屡屡受挫,如今年纪也不小了,高不成低不就,左奔右突,始终无法挣脱感情的泥沼。

关于要不要为了迎合世俗的眼光而结婚,为了抛弃"剩男""剩女"的称呼找一个人抱团取暖的问题,我不是情感专家,无法给出权威答案,不过复旦大学一位青年教师的观点很有借鉴意义。她说,婚姻应该不攀附、不将就。如果婚姻不能令我们找到更快乐、更好的自己,那婚姻就成了我们向世俗妥协的工具,也就相当于在某种程度上我们背叛了自己。

"不攀附,不将就",这句话深得我心。所谓不攀附,是指不能为了某种功利目的出卖自己的身体和感情,不能只看到对方有钱、有地位、有名气,就被虚荣心冲昏了头脑,不顾一切地往上冲。滚滚红尘中,物欲大行其道,什么东西都可以计价,可以让人暂时妥协?爱情,是人的尊严的最后一道防线，是不能计价出售的。而所谓不将就，是明白自己择偶的标准，知道自己喜欢什么样的人，适合什么样的人，自己跟什么样的人在一起会开心、幸福。

千万不要随便找一个人，即便这个人对你很好，很爱你，给了你足够的安全感。你要找的是能够让自己怦然心动、愿意相伴一生的人，爱情和友情是不一样的，喜欢和爱是两回事。

如果你不确定自己是不是真的爱一个人，我倒是可以分享一个方法。你可以试着问问自己，假如我失去了这个人或者这个人爱上了别人，我是否会心痛，是否会觉得遗憾终生？如果答案是肯定的，那就放手去追求自己的幸福吧。

感情会迟到，但真爱不会缺席。在静待春暖花开的日子里，不妨让自己的人生更加精彩一些，你可以去旅行，也可以独坐房间，品一壶茶、读一本书。你不必攀附，不必将就，因为，两个人的孤独比一个人的寂寞更令人悲哀。

我想请你吃饭

有人说:"有情饮水饱。"于是,"我爱你"几乎成了这世上最动人的告白,再空虚的心和肠胃都能被这句话填满。然而,"我请你吃饭吧",却有着不输于"我爱你"的深情。

三餐,是人间一日生存的刻度。我想请你吃饭,或许是邀你进入我的生活。此时,我们共享一种滋味。我将食物端放在餐桌上,也端出我的欢欣、想念、牵挂、不舍,还有一些难以言说的,已经烹煮在各色菜肴里。

饮食,不过是生存的需要,但人们却说:"民以食为天。"吃饭,似乎总在生存之外,另有一种沉实、厚重的身份。东道主一请,客人一去,主客就在食物中结下缘分。又或许,炉火炖着,烛光燃上,他怀着满心的期待,马不停蹄地赶来,坐到你的对面。此时,就有了比饭菜更温暖、比酸甜更复杂的滋味。共度此生,也不过是一日三餐。

围坐而食,对面相见欢。于是,"我请你吃饭",就成了独属于人间的深情和缱绻。

诗化记忆

"看来，大脑中有一个专门的区域，我们可称之为诗化记忆。它记录的，是让我们陶醉、令我们感动、赋予我们的生活以美丽的一切。自从托马斯认识特雷莎之后，没有任何女人能够在他头脑的这个区域留下印记，哪怕是最短暂的印记。"米兰·昆德拉在《不能承受的生命之轻》中如此写道。

"诗化记忆"，多么雅致的字眼，昆德拉将"爱"的生成概括为一种记忆的"诗化"。一旦进入记忆，一旦成为记忆中的永恒牧歌，那么，此后的一切都是虽苦犹甜、虽败犹荣——它们从此成为隐喻，完成从肉体到灵魂的转化。

爱，或由隐喻而起。假如有一天，你脑海中突然闪现出一个念头：他是不是上天安排，驾着七彩祥云来到自己身边的盖世英雄呢？此时，你不再用逻辑推敲、不再用理性"审判"，而是使用某种"不可理喻"的隐喻——你，也许已在不知不觉中进入了爱的阶段。

如昆德拉所言：爱，是由一个人的某句话、某个举动、某种行为印在我们诗化记忆中的那一刻开始的。

爱的相遇

学生时代的爱情是简单、朦胧而细腻的，那种感觉大约是宫崎骏笔下的那句，"因为爱你，只要你一个肯定，我就足够勇敢"。等待似乎是我们那个时期生活的常态，因为羞涩，因为懵懂，也因为在乎。等对方一个眼神，传递的一点信心，哪怕是她/他的莞尔一笑，我们便能为此翻山越岭，无心看风景。似乎再难的路，也能穿越，再多的困难，也能度过。

长大后，我渐渐明白，对待爱情我们最好勇敢一些，无论如何，等待似乎是最懦弱的选择，因为你不一定能等来你想要的幸福，而你将为此遗憾终身。我很喜欢徐志摩的一段话，"这一生至少应该有一次，为了某个人而忘记自己，不求同行，不求有结果，甚至不求你爱我，只求在这最美的年华里，遇见你"。

徐志摩忘我地去爱一个人，让人感动，也给了我们勇气与力量。就像那次的遇见，你不管不顾飞蛾扑火般一头扑了进去，为他痴狂，为他流泪，卑微到了尘埃里，结局却是镜花水月一场空。你痛不欲生，觉得生无可恋，你说你再也不敢如此莽撞了。可你知道吗，在这个尘世间有许多人终其一生都在小心翼翼和计算得失中度过，他们的岁月里没有惊涛骇浪，有的只是死水一般的寂静。

没有爱过的人，其实是悲哀的。

你要相信，这世上一定有人视你如珍宝，总有一天，他会在你勇敢找寻爱情的路上与你相遇。他手执鲜花，微笑着向你走来，告诉你，从此不再让你流浪漂泊，他就是你最温暖的港湾。

勇敢地找寻，勇敢地相爱，都能让我们懂得爱的真正含义，如下面这首诗一样绝美："山无陵，江水为竭。冬雷震震，夏雨雪。天地合，乃敢与君绝。"（出自《诗经·上邪》）

勇敢且幸福，是为爱情，是为幸运。

仪式感

一位妹妹从西班牙回来，和我分享了她的一些见闻。她说，和大部分中国人不同，西班牙人很注重仪式感，即使结婚几十年的老夫妻，每次吃饭时，都要把饭菜弄得很精致，然后铺上漂亮的桌布，一人倒一杯葡萄酒，有说有笑。许多西班牙人享受生活的方式，就体现在日常活动的仪式感里。这点在忙碌的中国人身上很少看见。

什么是仪式感？人为什么要有仪式感？

仪式感就是使某一天与其他日子不同，使某一个时刻与其他时刻不同。对普通人来说，仪式感也许就是在日常烦恼中体验到一点甜，让白开水一样的生活增添了调味剂，让人们感觉到自己是在认真生活，而非苍白度日。

你有多久没和伴侣共进烛光晚餐了？你又多久没有为孩子精心准备过一份礼物？不要小看这小小仪式感，虽似俗套，却能温暖人心。你说你爱我，但你不说我又怎会知道呢？仪式感在这个时候就显得尤为重要，它帮助我们表达爱，传递爱，让我们记住那些爱的时刻。

妹妹还教我说了一句西班牙语"Te amo",意思是我爱你。说给你爱的人听吧,他们一定会满心欢喜的。

不论世界如何转变,我们都可以让生活过得比蜜甜。

不完美契合

我们在亲密关系中,为什么常有矛盾?或许是因为,我们总是在与人相处的过程中,带有太多期许。对待亲密关系,更是如此。我们会错误地认为,处处契合、时时合拍才是爱;也会错误地期待,我以怎样的方式爱他,他就应该以这同样的方式来爱我。稍有差池,我们就会失落、难过,觉得满腔的"爱"和深情,都被对方轻易拒绝、轻易否定。

此时,你我都忽略了一个重要的人生真相:没有人能与自己心目中的期待、想象完美契合。

我们总是期待,伴侣应和我们相似或接近,甚至期待对方的一举一动都符合我们心中划定的形象。在面对问题时,对方也应该和我们有一致的感受和反应。然而,人,首先是一个独立的生命体。差异必然存在,个性必然存在。我们要接受这个事实,接受不存在"完美契合者"的真相,并且尊重彼此间的差异。

今天你几岁

主持完一场慈善活动后，一位摄影师给我发了几张未修图的工作照，看完不禁让我感慨岁月不饶人。年纪稍长，眼角的细纹就悄悄爬了上来，在你不经意之间，岁月已经在你脸上留下了浓重的痕迹。想起当年自己也经历过十八一枝花的年纪，青春写满脸庞，于是那时自信地以为老去会很遥远，每天都盼着快点长大，甩掉稚嫩，到达成熟的彼岸。而今回头看，发现年轻已经是很久以前的事了。

"我是不是老了？"我问父亲。

"老不老这要看跟谁比，同一二十岁的年轻人比，你确实有点年长，但要是在我看来，你还很年轻啊。"父亲笑着回答。

没想到平时不显山不露水的父亲能讲出这么有哲理的话。我接着追问："那你 40 岁的时候会不会觉得自己年纪大呢？"

父亲愣了一下，回答我："会，但是以我现在这个年纪回头看，40 岁的自己还很年轻。"

父亲的话忽然间让我意识到，其实当下的每一日都是我们余生最年轻的一日。因此，当下的年龄不应该成为我们心中的困惑。现在的日子、经历、收获，都是前期生活的积淀和往后征途的起点。我们可以回望过去的美好，但更要珍视当下的难得和可贵。要知道，一切都是最好的安排，不留恋过去，不担心未来，更无须感慨现在，我们的人生才能活得更加精彩。

　　心能转境，想到这里，我不禁又开心起来。

星空

还记得儿时夜空里的星星吗？它们一颗颗挂在天空，闪烁着、明灭着，在深邃的天幕背景下，放射出清冷的钻石般的光芒。在无月的夜晚，星星在天上交织出一条璀璨浩瀚的银河。

炎热夏夜到来，一天工作结束后，冲洗掉身上的疲惫，大人有时会坐在户外的竹椅上乘凉，小孩则躺在一旁，望着天空数星星。每次仰望满天的繁星，我都会被其深深吸引，思绪也随之飘到九霄云外。星空有多辽阔，我们就有多渺小。这个世界还有多少未知？宇宙的尽头在哪里？想着想着，阵阵微风拂来，炎热不见了，蚊子不吵了，疲倦没有了，大人的声音消失了，最后，连自己也不知去了哪里，就这样进入了甜甜的梦乡。

考上大学，我离开了家乡，进入了高楼林立的城市。在璀璨夺目、鲜明耀眼的城市灯火映衬下，星星那微弱的光亮便越发显得黯淡羞涩。加之每日工作繁忙，来去匆匆，似乎也难有心情去看满天的繁星。有时加完班从单位大楼走出来，我会在台阶上站一会儿，安静地抬头看看天上的星星，看到那一轮明月高挂天幕，旁边稀稀疏疏地点缀着几颗小星星，才发现，自己已经好久没有好好地看过星星了，而上一次看星星也已经是多年前的事了。没想到，看星星竟然会成为我长大以后的奢望。

史蒂芬·霍金说得好，记住要仰望星空，不要低头看脚下。无论生活如何艰难，都一定要保持一颗好奇心，我们总会找到自己的路和属于我们的成功。

日常生活中，我们习惯了俯视、平视、窥视甚至轻视，而唯独缺少仰望。其实，生活需要仰望，迈开梦想的步子，一边脚踏实地，一边仰望星空，奔向前方。

失恋的时候，请仰望星空吧，它可以带我们走出情爱的泥沼；受伤的时候，请仰望星空吧，它可以帮我们治疗内心的伤痛；受挫的时候，请仰望星空吧，它可以为我们重燃希望的灯火；心乱的时候，请仰望星空吧，它可以指引我们前进的方向；成功的时候，你依然需要仰望星空，当你望向它，你会知道自己的成功有多么微不足道。它能时刻提醒我们，要志存高远，不要得志猖狂。

得空的时候，也请你抬头看看天上的星星。即便我们现在不能躺在屋外的田间地头仰望，即便满天繁星不再，但我们仍然可以站在自家阳台上，看看从高楼大厦缝隙间透过来的点点星光，虽微弱，但高远，也是高挂于天空的我们的念想。

我喜欢德国哲学家康德说的一句话："这个世界上唯有两样东西能让我们的心灵感到深深的震撼：一是我们头顶上这片灿烂的星空，二是我们内心崇高的道德法则。"

永恒

十几年前,我在某个当时很红的网站开通了自己的博客,写下了我的第一篇网络文字。后来又断断续续写了十几年,留下了几百篇记录。

前段时间我突然收到这个网站博客停止运营的消息,这意味着,此后我只可以在上面看自己以前写的东西,但没办法更新了。这让我有点失落,仿佛一个常年温暖着自己心灵的私密花园从此闭园谢客,没想到坚持了十几年的博客,一夕之间就曲终人散了。

世界就是这样,变幻莫测,你永远不知道明天会发生什么。有的时候,一次别离就是永远的别离。某个不经意的转身,某个再平常不过的日子,你不知道哪句话,突然之间就会变成最后一句;你也不知道,哪次见面会成为最后一面。

当年18岁的荷西与三毛订下六年之约时,他不会想到六年之后,两个人真的机缘巧合地走到一起,更不会想到下一个六年,他们会毫无征兆地阴阳相隔。那时的他们,情定马德里,而后结为夫妻,在撒哈拉沙漠幸福地生活着,本以为会就此平静地过完一生,但荷西却在一次潜水作业中意外离世,那一年,他刚刚 30 岁,生命就这样戛然而止,来不及告别,来不及对三毛说一句我爱你,便和她此生永别。

所以,人世间有什么是可以永恒的吗?答案是否定的。如果非要找出一个答案的话,我想,没有永恒,才是永恒。

山川湖海可以沧海桑田,珠穆朗玛峰也曾是一片汪洋;朗朗乾坤可以六月飞雪,风和日丽也会瞬间狂风大作,伸手不见五指。至于我们,人生的起起落落,是非得失,恩恩怨怨,都再正常不过,没有人能保证永远一帆风顺,一生只爱一个人。

世事无常,以平常心待之,无常即有常。

初老症

周末到澳门故地重游。说是旅游,不过是带着家人在澳门转转,看看当地的风土人情、社会百态。去了几个地方,感觉都似曾相识,那充满异域风情的街道和建筑物,让我一下子回到了初次到澳门时的场景。20多年前,也就是1999年澳门回归那年,我作为一名高中生,经过层层选拔,成为广东队的四位代表之一,去澳门参加第三届粤港澳普通话大赛总决赛。虽然比赛只有两三天的时间,但还是让第一次离家的我焦虑不安。陌生的语言,陌生的环境,让原本就紧张的我雪上加霜,一直闹肚子,彩排也不在状态。

比赛的最后一个环节是视频解说,我清楚地记得那晚自己说的最后一句话是,"我赢啦!终于获得1万元奖金啦",说完,台下哄堂大笑。回到家乡,我把经过告诉了家里人,他们听后直说我童言无忌。他们说:"你那句结束语,让别人都知道你是冲着那1万块奖金去的了。"仿佛意识到了台下的那些笑声也许正是源于这个,我尴尬得一句话也没说,我出糗了。

我最终没有获得冠军，不过也很幸运地获得了第三名，除了获得一个金灿灿的奖杯外，我还获得了主办方颁发的3000澳门币的奖金。结束比赛，我的心情一下子轻松了起来，肠胃也好了。在当地一名选手的引导下，我还去逛了澳门的街道和教堂，在教堂前的喷水池边和选手合影留念。

过去的一幕幕清晰地浮现在我的脑海里，那座教堂，那条街道，那台风也似的大巴载着我们穿越澳门古老的小桥，还有桥上那些美妙的风景，就像电影一样闪回播放，好像时光不曾流逝，20多年前的经历就发生在昨天。

我偶尔还会想起那次比赛，想起那晚自己在台上说过的最后一句话。现在想来，觉得那个姑娘既真实又可爱，那的确是她当晚最渴望得到的，获得冠军，拿到1万元奖励，然后用它帮助减轻家人经济上的负担。一个姑娘，十七八岁的年纪，不做作，不口是心非，有谁会笑话她呢？那些笑声，更多是源于对她真实表现的肯定吧。其实，真实地活着，比什么都好，也比什么都重要。

我怀念那个傻傻的姑娘，也心疼那个懂事的姑娘。

台湾有一部电视剧叫《我可能不会爱你》，里面有一句台词："初老症的第一条症状就是越近的事情越容易忘记，越久远的事情反而记得清楚。"如果按照这个说法，我可能已经步入初老期了。是我真的初老了吗？还是久远的事情太美好，今天的生活太无趣呢？

暗夜同行

在自媒体上发作品一年了，有越来越多的朋友通过那个平台认识我，了解我。我也通过大家的留言，看到了大家笔下美妙的文字，大家的故事以及故事里的人生百态。

我常常看到这样的评价。他们说，你懂这么多道理，你的人生一定很幸福；你说话这么温柔，一定不会发火；你情商这么高，跟同事、朋友的关系一定处理得很好等。

听到这样的赞美，我的内心是愉悦的，但很快又觉得受之有愧，因为我没有大家说得那么好。其实，我也是在一边生活一边成长。之所以有些话、有些道理能说到人的心里，也许只是因为，我也有过类似的黑暗时刻，而后又通过自己的努力重见阳光。你以为我懂得，事实上，我只是恰巧经历过跟你们一样的故事。

有人说，好的老师，无不曾经历过许多心灵上的黑暗之夜，正是通过治愈自身的伤痛，才学会了帮助他人治愈生命。

我并不完美，许多道理说得到，不一定做得到。比如，我也会控制不住情绪大发雷霆；

尽管知道需要早睡早起，我也有睡眠拖延症和起床困难症；遇到困难，我也有畏难情绪。

大多数人都是心灵上的病患者。幸运的是，我们认识到了自己的问题，宽容生活中的缺憾和他人的不完美，然后彼此温暖，在暗夜里携手前行。

减法人生

年轻的时候,我们是做加法的,会做各种各样的尝试,希望看遍世间繁华。但到了一定年纪,你会突然发现,人生其实应该做减法,删繁就简,才能拥有更多属于自己的时间。

在自媒体上发表视频后,我又做了其他的尝试,如录制音频、开通公众号等。然后我发现,我的工作排得很满了,这和我追求简单工作的初衷是相悖的。所以在尝试了一段时间后,我毫不犹豫地把视频之外的工作都暂停了。

我很向往《瓦尔登湖》作者亨利·梭罗(美国著名作家)的体验,独自一人,与孤独的湖水为伴,天地之间却都是他的知音和伙伴。一个人,只要满足了基本的生活所需,不再戚戚于声名,不再汲汲于富贵,便可以更从容、更充实地享受人生。

删繁就简,你也可以撑着一只小船,淡然、平静,在心灵的湖面上慢慢行驶。

独有的风景

生活中发生的很多事，都是机缘造就的。我在自媒体平台上荐书，其实是一份机缘。当时，因想帮助扶贫点的 11 家农户推广农产品，我在自媒体平台上开通了商品橱窗。又因农户的产品未正式上市，而平台又有商品数量的要求，我就在商品橱窗中添加了一些书。由此，我不仅能尽快开售扶贫产品，还能用来回应朋友们期待已久的荐书要求。

这些书，也都是我平时喜欢看的。我与它们不期而遇，或关于爱情，或关于人生，或关于心理。不同的书，都是我人生路上不同的惊喜。我总希望能与大家、与关注我的朋友们一起学习，一起成长。静心阅读，就是这样一条值得你我携手，而又独立前行的小径。

在怎样的时间、与怎样的人相遇相识，是无法预测的事；而在怎样的情境下遇见一本怎样的书，同样是人生路上一种未知的惊喜。通过同一本书、同一段话，我竟能与相隔千里的朋友比邻而居。你我素未谋面，却在阅读中相遇。这是何等奇幻而神秘的欢喜？

当我们回看自己走过的路，或许坎坷、或许艰辛，但都会成为我们独有的风景。路上，那些与我们偶然相遇却毕生相交的书，都是熠熠生辉的点缀，都是你我曾经相交的痕迹。

岁月饶过谁

今年休年假回了趟家乡，除了见朋友，剩余的时间就是在老家陪老人说说话，聊聊往事。说是聊天，其实基本上都是你说你的，我说我的，然后彼此沉默。

老人们多么寂寞，我们之间遥远陌生的几十年人生距离让这种寂寞更显孤独，他们生命中的画面永远不会飞进我的生命里，哪怕只有一瞬间，因为，我们有几十年没有在一起。而后来，我们又这么些多年鲜少见面，这样难得的见面，只会让他们，让我，倍感孤独。

我坐在老人们中间，再一次注视这些熟悉又陌生的苍老的脸。他们年纪都大了，八九十岁，耳朵、脑袋都不大灵光，行动也不方便。可他们还能记得小时候的我，或在他们的怀抱中，或拽着他们的袖子，仰头看着这些面庞。那时我还走不稳，他们却健步如飞，牵着我走过了整个童年。而今他们佝偻的脊背、瘦削的肩膀，能被我轻易地环在手臂里。

我挽着他们，尽力想要抓住些什么。乡下的年味很浓，炮仗声如宣誓般此起彼伏，铿锵有力,家家户户都要祈祷接下来的一年能平安顺利。煎堆、年糕、糖莲子,旧有的味道就像屋檐下的时光一样不曾更改,只有耳畔的清风和山间的流云,一年年往去来回。这一切熟悉的风物总让我产生一种错觉:难道是无情的岁月真的饶过了这乡村?直到我再次回到老人们中间,我看清他们的皱纹,而口齿间的交谈却难以听清,我才恍然大悟,时光早就偷偷带走了他们青春,甚至带走了他们最珍贵的年少回忆。

一种深沉的、无可名状的爱与不舍,在我的心里不断沉淀。

每次回去,日子都是这样度过,或许有点无聊,但离开时又很不舍。这就是故乡,一个你割舍不掉的地方。我想起了艾青的诗:"为什么我的眼里常含泪水?因为我对这片土地爱得深沉。"

宁静

平日里耳边总少不了嘈杂，工作的嘈杂，生活的嘈杂，零零散散，响于耳边。难得有两天假期，我去逛了动物园。一走进园子，草木青翠，繁花似锦，仿若进入了人间仙境，又似听见花开的声音。闲踏清风，我轻依在鸟语花香的世界，与花香共舞。远处，长颈鹿和大象悠闲地在草地上漫步，火烈鸟和它的伙伴们快乐地唱着歌，到处一派静谧美好的景象。

给生命以花香，生命才会还你芬芳，给人生以意趣，人生才会还你风景。忙碌时候，我们要释下心灵的重压，给生命一点空隙，过自己想过的生活。

你们是不是已经很久没注意过，街道两边的树木在早春时节，长出了嫩嫩新芽？是不是很久没留意过蜗牛爬过地面，留下一条长长的白线？

我们可以忙碌，但也应该让忙碌的自己，依然葆有一份童真，一份诗意浪漫的情怀。这样，平淡的生活才会感觉有色彩，人生才会饱满丰盈。

这样宁静的时刻，远离嘈杂，远离烦琐，是人生所需要的。不知道你是否发现，那个时刻，一种宁静富足的幸福感，已经从我们内心深处，缓缓升起。

不要在下雨时想念阳光

早上起来，打开窗户向外望。许久没露脸的阳光透过重重乌云，洒落在枝头。小鸟儿也许很久没有感受到阳光的温暖了，纷纷跃上枝头，蹦蹦跳跳，喜悦万分。它们有的放声歌唱，有的俏立枝头，品尝着阳光的味道，有的则干脆站在草丛中理起羽毛来。那一刻，整个世界都成为小鸟的天堂。

我享受这样一幅和谐的美景，也跟着小鸟儿唱起歌来。"小鸟在前面带路，风儿吹向我们，我们像春天一样，来到花园里，来到草地上……"这是我再熟悉不过的一首儿歌了。

小鸟懂得珍惜，知道爱无须复杂。失去太久了，当美好的东西再次出现的时候，它们懂得用最简单的方式表达欢喜和祝福。

和小鸟相比，人复杂了点儿，也贪婪了点儿。人总是喜欢变化的。下雨的时候想念阳光，等到每天都与烈日为伴时，却又怀念起雨水的"滴答"声了。

为回忆上把锁

一个偶然的机会，翻捡了自己过去的物品：那些记载着欢乐与悲伤的文字，尘封的发黄相册，还有那一份份小小的礼物。时空仿佛一下子穿越到了过去，那些年，那些人，那些事，历历在目。

我的眼眶湿润了。往事如烟，我会为这些旧事感怀，却不再被曾经的情绪牵扯。原来，那些以为永远都过不去的坎儿，也会随着岁月的流逝而消失不见。时间，真是一剂良药。不管你是否愿意，总有一天你会放下、会长大。

长大了的我们究竟是什么样的呢？

多年以后，重遇你曾经爱得死去活来的人，你不再有心动或者揪心的感觉。或者，某个悠闲的清晨或宁静的夜晚，你无意间回想起一些伤心的往事，也不再有难过或者委屈的情绪。又或者，某天你打开抽屉，从一本本日记里，读到了当初的稚嫩与艰辛，或嘴角上扬，或眼眶湿润。

欢笑与泪水都将成为过去，而那些尘封的往事，就让它留在我们的回忆里。

别等以后

常常能在夜晚一抬头就看见深邃天空中一弯月镶嵌其中，淡雅的，朦胧的，周围星星点点，清澈干净，散发着光芒。有月亮和星星的夜晚，城市似乎增添了不少生气。

古时候没有时钟，人们就是依赖月亮的盈缺和太阳的变化而估算时间的。早上太阳初升，傍晚夕阳落下。到了夜里，人们还可以通过月亮的位置判断时间。

关于月亮的诗很多：月上柳梢头，人约黄昏后；人有悲欢离合，月有阴晴圆缺；举杯邀明月，对影成三人……似乎谁都能张嘴就来上几句。也难怪，谁叫她美若仙子又神秘莫测，勾起了人无限遐想呢？

说来也是缘分，一年里，我竟有几次遇见满月时节的月亮姑娘。看着它高冷地悬挂于天幕，让我产生无限遐想：这美丽的月亮姑娘此刻是不是和月兔小姐在一起，举杯邀约，浅浅小酌呢？

月亮升起又落下，一天过去。中秋的满月到来，便也意味着一年即将到头。时光飞逝如奔驰的骏马，一刻也不曾为我们停留。于是世间便有了"年年岁岁花相似，岁岁年年人不同"的伤感之词。（出自唐代刘希夷《代悲白头翁》）

有些话，想起来就去说，不必等以后；有些人，想见就去见，不必等以后；有些事，想做就去做，不必等以后。

以后，是最具欺骗性的。不知你是否发现，许多人口中的以后，都没有兑现过。孩子充满期待，看着玻璃柜里的玩具，妈妈说以后再买；你牵着我的手说，以后永远在一起，可终究没有抵过时光，没有抵过这漫长的以后。

不要以为自己还年轻，就肆无忌惮地浪费机会和光阴。你等着去看世界，世界未必会等你。

与自己和解

中国有一句古话:"三岁看大,七岁看老。"现代心理学也有一个观点,童年时期的经验,构建一生的情绪人格。这两句话说出了两层意思,一是基因遗传既决定了一个人的生理特征,也影响其性格特征;二是童年的经历会对一个人的成长发育和性格养成,造成终身的影响。前者是先天作用,后者是后天作用,两者共同作用,决定了一个人的命运。而无论先天作用还是后天作用,都与原生家庭有直接关系。

父母是原生家庭的基础。父母的基因决定了我们的基因,父母的家庭环境和生活状态构成了我们生长的基本环境。在成人以前,我们接触最多的,对我们影响最大的就是原生家庭,主要是父母,当然也包括爷爷、奶奶、叔叔、阿姨等直系或旁系亲属。他们的性格会遗传给孩子,他们的相处方式也会成为孩子长大后寻找异性,组建家庭的模板。如果父母恩爱、家庭和睦,子女们每天沐浴在爱的温暖中,则小孩大概率能健康快乐成长,树立积极向上的家庭观和生活观,反之亦然。

那些相爱相杀的家庭，他们当中的一部分夫妻并不是因为爱情走到一起，或者即便他们曾经相爱，也可能因为生活的压力和工作的烦恼使得爱意渐失，情趣全无。如果他们把在社会上遇到的不公和对彼此的积怨发泄在家里，那弱小的孩子无疑就是最直接的见证者和最大的受害者。有的父母甚至有暴力倾向，那这样的原生家庭无疑会让孩子受到身体和心灵的双重伤害。所谓幸福的人一生被童年治愈，不幸的人一生都在治愈童年。

我们经常会在婚姻中，在恋人的相处模式中见到原生家庭的影子，有些夫妻非常恩爱，而有些夫妻会经常吵架。当这些正在进行时，不知你有没有觉得这一幕幕似曾相识呢？是的，这些都是原生家庭的行为模式在我们这代人中的真实投射。

《生命的重建》一书里有一句话："当我们长大成人以后，会不自觉地重复父母的情感模式、行为模式甚至人生模式。"这也是我近几年一直在思考的问题。

父母是我们人生最早的导师，家庭教育对一个人的成长至关重要。我们会不自觉地模仿父母的行为方式，比如，他们为人处世的方式，他们的人生观价值观，甚至，连他们的脾气我们也能学会。而即便一些孩子故意反其道而行之，叛逆地不走寻常路，但最后还是不自觉地走回父母的老路。

我也能在自己身上看到父母的影子，看到自己不大认同的一些父母身上的缺点同样存在于自己身上，我会有厌恶情绪，想极力甩掉它们，费尽心思却又深感无力。几十年的相处，缺点已经在不知不觉中在我身上、在我心里扎根，与我融为了一体，想阻断它们的生长，需要力气、勇气，更需要你发现并意识到它们的存在。

我因此埋怨过父母，但我似乎忘了，要是没有他们，便也没有我了。年岁渐增，我开始注意到自己的问题，慢慢接受那些缺点的存在，平和地与它们相处，然后改变它们。其实，每一对父母都是第一次当父母，他们不能教会我们他们也不知道的事情。他们有属于自己的时代烙印，有上一辈家庭教育留给他们的缺憾，他们只是竭尽全力地把他们学到的知识、经验和道理教给我们。

如果想更多地理解父母当初的行为，我们就应该更多地倾听他们当年的生活、成长、委屈和不如意。当我们抱着同理心去感受时，你会理解他们的恐惧和严厉来自哪里，你才会明白，这些"对你实施如此方式的人"，原来和现在的我们一样，有着同样的担忧和害怕。

我们同外界的关系本质上就是我们同自己过去的关系，解决了与自己过去的矛盾，成长和发展的问题才会迎刃而解。你要明白，不论过去如何，决定我们人生方向的，不是原生家庭，而是我们自己以及我们的成长速度。当有一天，你觉得原生家庭对你造成的困扰不该由父母负责，而应该由自己负责时，你才算真正长大了。

学会与自己和解，放下过去，拥抱未来。明白这点，你便能懂得，在理解中宽容，在宽容中成长，在成长中成为一个独立的自己。

送别

"长亭外,古道边,芳草碧连天。"每次听到《送别》这首歌,我的眼前都会出现这样一个画面,荒凉的郊外、漫天碧草里,我们与亲朋好友挥手道别。及至年龄渐长,又仿佛看到自己站在苍茫大地上跟自己的过去和这个世界挥手告别。这种心境可以用弘一法师的临终偈语"悲欣交集"四个字来形容。

这首歌是 1915 年李叔同留学日本时所作。时值冬天,大雪纷飞,好友许幻园告知当时还名为李叔同的弘一法师:"叔同兄,我家破产了,咱们后会有期。"说完,挥泪而别。

李叔同看着好友远去的背影,感叹世事无常,聚散无依,繁华盛景不过是过眼云烟,怅然写下这首《送别》:"长亭外,古道边,芳草碧连天。问君此去几时还,来时莫徘徊。天之涯,地之角,知交半零落。人生难得是欢聚,唯有别离多。"

一百多年过去了,意境隽永的歌词和简单优美的旋律仍回荡在我的耳边,也回响在我的心间。我很喜欢的歌手朴树说,如果《送别》

是他写的,他就死而无憾了。当李叔同在杭州虎跑定慧寺拜了悟和尚为师,取名演音,号弘一时,他送别的不仅是李叔同这个名字,也是万贯家财、娇妻幼子和相当高的社会名望。从此,世间再无艺术全才、首富之子、新文化运动先驱——李叔同,民国多了一代高僧,南山律宗有了第十一代祖师。

人生就是一次次的别离,我们一站一站地跟身边的人、事、情送别,青春向懵懂作别,成熟向单纯作别,年老向健康作别。终有一天,父母要跟深爱的子女作别,而我们也要跟这个世界告别。

不禁想起纳兰性德的一首词:"山一程,水一程,身向榆关那畔行,夜深千帐灯。风一更,雪一更,聒碎乡心梦不成,故园无此声。"(纳兰性德《长相思·山一程》)

真正成熟

小时候，我们渴望长大，因为长大了就意味着成熟，意味着可以像大人一样与这个世界平等对话。后来，我们终于以成人的角色和行为方式与社会上的各种人交往，在外人的眼中，我们已经是成熟的独立的个体了。可问题是，我们真的成熟了吗？

成熟并不仅仅是年龄的增长和生理发育的成熟，心智的成熟更为关键。好多人所谓的成熟，不过是被世俗磨去了棱角，变得世故和实际。但这并不是真正的成熟，而是精神的灭失和个性的消亡。

真正的成熟应该是发现自我，肯定自我，形成自己独特的个性，能够在群体中正确地认识自我，确立自己存在的意义。这是一种精神上的境界，不随外界的变化而改变，也不因外界的眼光而动摇。

作为社会动物，我们的思想和行为往往受到群体的影响，身处某个群体之中，如果不与其他社会成员言行一致，难免会受到排挤甚至歧视。在这种情况下，能够保持个性独立和行为自主，是不容易的，也是需要很大的勇气的。现实生活中的绝大多数人，常常人云亦云，却不知所云，他们每个人都睁着眼睛，但却不是每个人都在看世界。很多人不用自己的眼睛，他们只听别人讲，所以他们看到的世界永远是别人眼中的世界，这就是所谓的乌合之众，是不成熟的表现。

假如你不想成为这样的人，你就要时刻提醒自己，保持独立个性，让自己的内心保有一方净土，安放自己的灵魂。

我们不妨观察身边的朋友，看看哪些是真正成熟的人，哪些是看起来成熟但事实上已被世界改变了的世故之人。所谓物以类聚，人以群分。与思想独立、人格健全的人并肩，我们才会真正成熟起来。

眼泪里的情绪

美国有学者曾经做过一个很有趣的实验，证明眼泪能够排毒。他们先叫一批志愿者看动人的情感电影，如果感动到哭了，就将他们的泪水滴进试管里面。几天后再利用切洋葱的办法，让同一群人流下眼泪，并再次把他们的眼泪收集进试管里面。

这个有趣的实验结果显示，因为悲伤而流出的情绪眼泪和被洋葱刺激流出的化学眼泪，两者成分大不相同。在情绪眼泪当中蕴含着儿茶酚胺，而化学眼泪中则没有。

儿茶酚胺是人的大脑在情绪压力下释放出的化学物质，过多的儿茶酚胺会引发心脑血管疾病，甚至会导致心肌梗死。

当我们流出情绪眼泪的时候，排出的有可能是致命的毒。

所以你该明白，不要过分压抑自己，当你难过时，感动时，开心时，都可以尽情地流泪。总之，让自己的眼泪从体内宣泄而出，都是在为自己排毒。

即刻启程

日本有一位医生，他的工作就是专门照顾那些临终病人。在与1000位患者交谈，听取了他们的临终遗言后，他写下了《临终前会后悔的25件事》，我记得里面的几件事：一、没有勇气过自己想要的生活；二、花太多精力在工作上，错过了孩子成长的乐趣；三、没有勇气表达真实感受；四、当初没能过得开心点，尽情欢笑；五、没有和想见的人见面。

这些总结让我触动，我很庆幸在年轻的时候遇见了它，因而开始行动，努力过自己想要的生活。为了更好地照顾和陪伴孩子，我暂停了手上的工作，暂停了自己的兴趣爱好；为了将来的幸福，勇敢地追求过所爱之人；善意的谎言都很少讲了，我活得越来越真实。

你呢？你有多久没有戴着面具生活？人们常说，人在江湖，身不由己，社会复杂多变，为了让自己更好地生存，我们会掩饰，把真实的意愿埋藏在心底，以虚伪的一面示人。久而久之，我们会变得压抑，想抗争却又缺乏勇气。在重复的假装面前，我们渐渐丢失了真实的自

第一部　彩色的光芒　｜　083

己，活成了一只寄居蟹，躯体里住着的，是被现实侵蚀了的另一个灵魂。其实，你完全没有必要这个样子，人生苦短，真实地活着比什么都重要。

你又有多久不曾见过你想见的人？那些曾经驻扎在你心里，让你欢喜，让你忧愁的人；那些让你心怀感激，念念不忘的人。光阴流转，生命无常，你永远不知道明天的风从哪里来，又将吹向何处。早点启程，去见那个想见的人吧，人生的每个瞬间都不会重复，每一次的相会都是仅有的一次。抱着一期一会的态度，去见 ta 吧，别留遗憾。

爸爸去哪儿

一位做了父亲的朋友跟我开玩笑，说："为什么大家总是唱《世上只有妈妈好》，没人唱世上只有爸爸好，而是唱《爸爸去哪儿》？"

我问他："那你更喜欢爸爸还是妈妈呢？"他笑着回答："喜欢我妈。"一语中的。其实不仅是他，对于大多数人来说，妈妈给孩子留下的印象都要好于爸爸。在传统家庭分工里，父亲大多是家庭的顶梁柱，而母亲则在子女养育、家人照顾方面付出更多。因此，小孩子大多时间都是跟母亲在一起的，由母亲负责其日常的衣食住行、教育培养。就像老鸡带小鸡一样，朝夕相处，难免情感上更加亲密。而且，大多数男人没有女人细心，脾气也没那么温和，比较喜欢摆架子教育小孩，在情感上自然就与子女疏远一些。

父母在孩子心目中的地位，从某种意义上说，也是男女之间不同的情感模式和行为模式的映射。女人在情感方面，比男人更人性化，男人苦苦地寻求家园，女人不必，因为她自己就是家园。在人生态度上，女人比男人更加简单而直接，男人有很多野心，自认为背负着崇高的人生使命，为了使命可以牺牲家庭和对子女的陪伴。而大多数女人则把爱情和生儿育女视为人生最重要的事情。

令人欣喜的是，当代社会的男女分工不再像过去那样泾渭分明了。女人开始走向社会，寻找家庭以外的社会价值，男人也认识到参与家庭教育的重要性，将更多精力放在家里，与女人一起承担培养和教育子女的责任。他们也不再老是板着脸教训孩子，甚至一些在家庭里，是男主内、女主外。新型家庭关系重构了父子关系、母子关系和夫妻关系，情感线更加多元而亲密。父亲不再权威而严肃，母亲不再唯唯诺诺而内敛，男女地位趋于平等。

我们有幸，见证了社会的进步。

嘴角上扬的魅力

微笑是能让人心情愉悦的,我尝试了一下,果真如此。我对着镜子试着嘴角上扬,眉眼轻轻舒展,然后一直这样看着,忽然间觉得镜子里的自己变美了,心情也好了一些,十分神奇。

其实,这叫"表现原理",而这样的"表现"能够激发我们内心的正能量,让我们变得开心起来。所以,当你开心的时候,你可以试着微笑,那些快乐的因子会在你的体内增加,让你变得更加开心;而当你难过的时候,你也可以试着微笑,那些影响你情绪的负面能量会因此而减弱,你会变得平静甚至开心起来。

我们无法改变糟糕的结局,我们能做的,只是让自己不被坏情绪影响,微笑却是一个不错的方法。

汪国真在《独白》里写道:"不是我性格开朗,其实,我也有许多忧伤,也有许多失眠的日子,吞噬着我,生命从来不是只有辉煌,只是我喜欢笑,喜欢空气新鲜又明亮,我愿意像茶,将苦涩留在心底,散发出来的都是清香。"

微笑,让你周围的一切变得美好。

忘

世上最残酷的汉字是忘记的"忘"字,上"亡"下"心",意味着心的死亡。"忘"字的构成就是对字意的最好诠释。

凡尘俗世,我们想忘记的东西太多,那些无关紧要的陈年往事,那些不痛快的过往,那些不堪回首的经历等等,我们可以像清理电脑内存一样,选择性地把它们从脑海中删除,然后轻装上阵。删除记忆垃圾很简单,但删除那些曾经触动我们心灵的美好过往,那些曾与你共同走过岁月之河,在你心里扎下了根的人,很难。

譬如,删除那个与你彼此相爱却最终没有走到一起的人。你们的命运曾经相交,你们也曾花前月下、山盟海誓,却因为外界的阻挠或自己的任性,没有成就姻缘,两人错身而过。多年过去,你发现自己依然深爱着ta,而此时,彼此都有了各自的家庭和生活。你想回头吗?内心深处是想的。能回头吗?面对爱人的柔情、孩子的眼神、社会的压力,哪里还能回头。如此,你只能选择放下,选择遗忘过去,让ta成为你这辈子一个美好的回忆。

想忘而忘不了的何止曾经的恋人，还有从小在一起嬉戏打闹的玩伴、梦境里依稀远去的故乡。在鲁迅先生的文章《闰土》中，儿时闰土带着比他小的鲁迅在乡野间上树下田，抓鸟捉鱼，尽情享受大自然的乐趣的这段经历在鲁迅的心中埋下了一颗颗种子，也留下了终生难忘的童年回忆。数十年后，当这些种子长成参天大树，那个曾经意气风发，好像无所不知无所不能的闰土却被生活压断了挺直的脊梁，他的眼神不再清澈，他的自信变成迷茫和唯唯诺诺，他的腰杆在生活面前再也挺不起来了。此时的鲁迅先生怀念当年的时光，名篇佳作因此写就，但细细品味，谁又能说这不是对儿时时光想忘而不能忘的心酸。

台湾诗人余光中的《乡愁》写的是海峡两岸的分隔导致人与故乡的分离。故乡的符号在小时候是母亲，长大后是新娘，后来是一方矮矮的坟墓，我在外头，母亲在里头，读来令人唏嘘不已。的确，长大后的我们大多随着升学和工作地点的变动，离开了生于斯长于斯的故乡，到了一个陌生的本是他人故乡的城市，学习、工作、拼搏，找到恋人，组织家庭。从此，山河故人，天各一方，我们渐渐斩断了身上与故土的羁绊，但内心深处却无法割舍故乡的花草树木、俚语乡亲。

不知道你是否和我一样，梦中回到家乡的小巷，看到年迈的老人、儿时的伙伴，梦醒后，泪水浸湿枕巾。多年后，当我们回到魂牵梦萦的故乡时，看着眼前不再熟悉的村貌街景，小时候居住的房子早已破旧残败，那个自小与我们一起长大的小伙伴的儿孙看着我们伤神的样子窃笑，你的内心是否也会掠过一丝伤感？"儿童相见不相识，笑问客从何处来。"故乡早已不是当年的故乡，我们也不是当年的我们，只有思乡的微风从不曾在心头停歇。

想忘而不能忘，不敢忘，因此，我们思念，我们痛苦，我们思考。正因为这样，我们的人生才更加真实，我们的人生体验才更加丰富。正如唐代诗人白居易《夜雨》所说：

> 我有所念人，隔在远远乡。
> 我有所感事，结在深深肠。
> 乡远去不得，无日不瞻望。
> 肠深解不得，无夕不思量。
> 况此残灯夜，独宿在空堂。
> 秋天殊未晓，风雨正苍苍。
> 不学头陀法，前心安可忘。

异乡人

"披星戴月地奔波，只为一扇窗。当你迷失在路上，能够看见那灯光，不知不觉把他乡，当作了故乡。"2007年4月，李健在其专辑《想念你》中演唱的那首《异乡人》，其实是唱给所有离乡背井的游子，希望每个在外漂泊的人，都能得到安身立命的慰藉。那一年，李健33岁。此时的异乡，是他乡。

10年后的2017年，李健在参加《歌手》竞演时，对这首歌的歌词进行了改编："近在眼前的繁华，多少人着迷，当你走近才发现，远过故乡的距离，不知不觉把他乡，当作了故乡，故乡却已成他乡。"同样的旋律，不同的含义，歌曲吟唱的对象变了，是唱给在他乡扎根多年，娶妻生子，再也回不去故乡的人，如你如我。这一年，他43岁。此时的异乡，已是故乡。

我反复听着李健改编过的《异乡人》，却没有了身在异乡的陌生和惆怅，也没有了身为异客的迷惑，不再回望家乡那扇窗、那盏灯，不再梦回门缝那道温暖的光，不知不觉间他乡已成故乡，而故乡成了他乡。

少小离家，我们在懵懵懂懂中面对陌生的世界，本能地想回归熟悉的场景，躲藏在父母的羽翼下，避开风雨。进入社会，我们逐渐有了自己的朋友圈，陌生的环境逐渐熟悉，而原来熟悉的家乡越来越模糊，成为偶尔梦中的回望。等到后来找到另一半，成家立室，生儿育女后，我们更加适应他乡的生活了。

人是健忘的，对于故乡和老友；人也是懒惰的，一旦适应了一个新的环境，便很难离开。年幼的时候，父母在哪里，家乡就在哪里。当我们为人父母了，对孩子们来说，我们在哪儿，他们的家乡就在哪儿。而今，对仍在老家的父母来说，我们是异乡人；而多年以后，我们也将成为孩子在异乡回望的那些人。

无所谓异乡，哪里都是异乡；无所谓故土，最终都成故土。

念念不忘，必有回响

最近身边发生了一件趣事。一个同事跟我说，某天突然想起我，就想着要给我发信息，两天后，她真的拿起手机给我发信息时，信息刚写到一半，抬头一看，我竟然出现在了她的面前。她惊讶地看着我，"怎么知道我找你？世上真有这么巧的事啊。"

这种事情不是第一次发生了，某个你思念了很久的人突然出现在面前，某件你记挂了很久的事真的办成了，某些埋藏在心底的担忧竟然成真了等等。这就是所谓的"念念不忘，必有回响"。

为什么一个人的念想会有这么大的威力？这是否完全属唯心主义，还是可以有客观合理的解释？它又能给我们什么样的人生启迪呢？

我初次听到这句话，是在《一代宗师》电影里，但其实这既不是导演的经典台词，也不是编剧的神来之笔，而是借用了弘一法师在《晚晴集》里的一句话。它的原文是这样的："世界是个回音谷，念念不忘必有回响，你大声喊唱，山谷雷鸣，音传千里，一叠一叠，一浪一浪，彼岸世界都能听得到了。凡事念念不忘,必有回响。因它在传递你心间的声音,绵绵不绝,遂相印于心。"

从佛学角度阐释,一念天堂,一念地狱,一念升起,十万震动。譬如蝴蝶效应,南美洲的一只蝴蝶扇动翅膀,会引起太平洋上的一场风暴。

从儒学角度看,中国古人讲究"天人合一"、"天人感应",人的行为上天能够感应到并做出反应。这里的天即是世界,即是宇宙,即是主客观环境。一代大儒王阳明的心学强调心即宇宙,宇宙即心,要求格物致知,知行合一。心是变化的,能让你念念不忘的是初心,是最本质的自我,虽然它可能被生活一时蒙蔽,但拂去凡世的尘埃,它在我们内心深处依然熠熠生辉。

所谓"不忘初心,方得始终",我们生命中所有的经历都与"初心"两个字相关,我们的感情、事业、生活,我们身边的人事物,无不是随着自己的心而变化,或聚或散,或显或藏。但无论何时出发,无论你现在身处何地,千万不要忘记你为什么出发,你要去往哪里。不畏浮云遮望眼,风物长宜放眼量。你是否能够做到念念不忘,做到不忘初心,是否真的知又真的行?

拨开人生的迷雾,你会发现,过好这一生,秘诀很简单,只需做到两件事：不忘初心和知行合一。简单吗？看起来不复杂。难吗？确实也挺难，因为知易行难。

追梦路上

我第一次听说寒秋博物馆的名字，是在我的《传家宝》节目上，那时他们带着藏品过来鉴宝，专家对藏品给予了高度肯定，问如何收藏了这样的宝物时，他们回答，"这只是九牛一毛，比这个更好的，我们家还有几个大院。"大家听后惊讶不已，我也因此记住了寒秋博物馆的名字。

寒秋博物馆位于中山市阜沙镇，以馆长蒋寒秋先生的名字命名，是一座私人博物馆。它由全木质结构元明二品官宅、仿古园林组成，里面的藏品专且精，从圣旨、牌匾到青铜器、名人字画、紫砂艺术品等，类别齐全，年代跨越古今。

我曾三次拜访寒秋博物馆，三次都是馆长蒋寒秋先生接待。每次过去，我都要沿着博物馆走一圈，细细欣赏他的藏品，听他热情地与我讲述他与藏品的往事。后来我们成了朋友，他大儿子的婚礼也邀请我主持，我爽快答应。那天晚上，月亮当空照，在博物馆徽派清朝大戏院里，一对新人喜结连理，情定终身，那个夜晚的寒秋博物馆热闹非凡。

似乎对寒秋博物馆有一种莫名的情结，我时常会想起它来。那天又是如此，便驱车前往。掐指一算，距离上一次到访已相隔六年。六年的时间里，我完成了人生角色的转换，从一个爱做梦的姑娘，变成了一个劳心劳力的妈妈，而蒋寒秋先生却一如既往，在那条追梦的路上前行着。

"最近博物馆很好吧？"我问。

"比较冷清，靠自己一个人的力量，还是太单薄。"

接着，他又滔滔不绝地向我介绍他的藏品，关于藏品的现状，关于那个民俗宫殿的遥遥无期的未来。虽已听过几遍，但我还是认真地听着他的讲述。

"看不到未来的坚持，有意义吗？"我问。

他苦笑着摇摇头。

"那么，你还会坚持吗？"

他想了想，抬起头望着我，眼神深邃且坚定，"不可能放弃。"

我仿佛看见一个孤独的背影，正在一步一个脚印，穿过荆棘密布的丛林，走向光明的大道。

到目前为止，蒋先生已经在全国各地修复了几十栋被废弃的古建筑，耗尽亿万积蓄，但即使这样，离他要建立一个民俗宫殿的梦还是十分遥远。

临别，我想对他说一些祝福的话语，思来想去，又不知说什么才好。我想，我也无须送他什么祝福，一个人穷其一生只做一件事，即便最后未能如愿，他和他那些古宅的故事，也足够让他骄傲地和子孙后代讲述一辈子。

我不去想是否能够成功，既然选择了远方，便只顾风雨兼程。写下这点文字，表达我对蒋先生，对那些如他一样逆水行舟的追梦人的深深敬意。

我已飞过

公示完之后,我便从一级播音员晋升为主任播音员了。记得拿到证书那天,我走在街上,轻盈得像只燕子,看到路上来来往往的行人,仿佛每个人都在对我微笑。

真的很开心,这一路走来不容易。为了拿到高级职称评选的资格,我半夜哄完孩子后,还要爬后起来看备考书籍,很长一段时间都是如此。长期睡眠不足加上考前两天基本没合过眼,考试当天我几乎是一边打盹一边答题的。

往事历历在目,似乎每一个关卡都历经千辛万苦。十几年前,当我还是个初出茅庐的新人时,台里的前辈曾多次建议我转评播音主持以外的其他职称类别,因为播音主持类别的职称评选规则非常严苛。首先是奖项,播音主持作品大多由一个人完成,作品的播报、选题到材料的准备烦琐不说,每年省评只有一次机会,每次只能评出一个省播音作品一等奖。而如果你有幸获奖,那也得需要攒够多个这样的奖项才能参加评选。而且,省台的播音员也在争取这些奖项,在这种环境下,地方台没有任何优势，获奖概率就更少了。其次，获得多个省级奖项后，还要发表论文，通过主持人资格证考试。这样，才算获得了评审的资格。最后，再和全省所有符合职称评选资格的播音员再次比拼，胜出才能获得属于你的职称资格证书。

当年的我年轻气盛，不知深浅，坚持申报了播音主持专业。于是，我不停地播报新闻，不停地主持各类节目，回看，总结，纠正，再重新上路。没有经验可以借鉴，只能小心翼翼摸着石头过河。然后，拿出优秀作品参加评选，每年都获得一到两个市级、区域级和省级奖项。收获最多的一次大概是10年前，那年，我同时获得了广东省广播影视奖电视播音主持作品一等奖和珠中江莞电视播音主持作品一等奖，这也是我所在的工作单位第一次获得省级播音主持作品一等奖，而我也就成了此后十几年时间里，第一个也是唯一一个获得此奖项的人。至此，我已经连续六年获得省电视播音主持作品奖项，连续三年获得珠中江莞电视播音主持作品一等奖，均为独立排名。这些奖项的获得，更加坚定了我在播音主持这条路上坚持到底的决心。

每个人都不容易，有些人光是活着，就已经很用力了。那些别人看似风光的背后，是他们一次次的挑灯夜读。那些别人脸上的云淡风轻，是他们背后紧咬的牙关。那些别人走路带风的场面，是他们膝盖上留下的一次次新伤旧患的结果。但我以为，青春就应该这样拼搏，否则就是对生命最大的辜负。我们会被困难、挫折、嫉妒、谩骂围攻，甚至被流言蜚语击打得头破血流，伤痕累累。但有一天，当我们走过风雨，看到自己还在一点点攀升时，我们会为自己的选择与坚守感到无限荣光。

　　长期的精神紧张也导致了我的肠胃功能紊乱，消化系统出了问题，睡眠也一直不好，但那又怎样，它们正是我努力过的见证。我的大学老师曾经说过一句话，"人生是一个螺旋向上的过程。"是的，兜兜转转，我们的人生看起来没什么变化，但实际上已有质的飞跃。比如，我们的心境，我们的历练。正如天空没有留下翅膀的痕迹，但我已飞过。

来时的路

我没见过我的太爷爷太奶奶，平日里也很少听到他们的故事，只有在每次清明回家祭拜时，才能听到一些，那些故事都是很久很久以前的了，那些故事只留存于我爷爷的回忆里。在那个男耕女织的年代，太爷爷和太奶奶如大多数穷苦人家一样，日出而作，日落而息，相亲相爱，繁衍后代。

我站在他们的坟前，安静地沉默着。那个土坟，没有墓碑，自然就没有关于他们生前的任何记录，所以他们的名字和故事，我也只是偶尔才能从爷爷的口中听说。

土坟坐落于一座高耸的大山，山前是一湾清清的湖水，周围环绕着高矮不一的松柏。前去拜祭的队伍浩浩荡荡，因为抬着祭祀品，沉重又不便，再加上山路崎岖难行，人们只能走走停停。累了，便在树底下随意找块稍微平整的地方休息一会儿，喝几口水，接着继续前往。

遇上下大雨的时候也是有的，山里的树这时不能起到任何遮挡作用，人站在底下，只会让衣服湿得更快。那大片树叶上积存了过重的雨，便会倾泻而下，一片接着一片，像一盆盆泼落的水，灌进你的鞋子、裤子和衣领。

水会顺着身体滑落，不一会儿人就湿透了。雨具用处也不大，山里的雨夹杂着强劲的风，从四面八方吹来，肆无忌惮地，没有规律和秩序可言，成为"落汤鸡"是迟早的事，便干脆把伞和雨衣留下，当是为上山去掉一份累赘。

每当遇上这种天气，爷爷会让孩子们留在山脚，由女人看管，而他和六叔公则领着族里的男人继续上山。早几年，两位老人体力好时，走在祭祀队伍前面的一定是他们。由于长年劳动，他们的身体很好，走起路来步履矫健，不一会儿就把长长的队伍抛在身后。年轻人没吃过多少苦，跟着这样节奏上山，简直累坏了，他们的速度越走越慢，最后干脆停了下来，在后面扯着嗓子在大喊："急什么呀，慢点儿，早晚都能爬到。"六叔公和爷爷只当没听见，头也不回径直往上爬。

后来，爷爷和六叔公爬山的步伐越来越沉，他们老了，爬着爬着，便会气喘吁吁，有时还要人搀扶。他们叹着气说："我们老了，明年不一定能来了。"

从青年到中年再到老年，爷爷上山祭祀的脚步风雨无阻地走过了大半个世纪，在他的心里，似乎一直有一个外人看不清道不明的约定，一个关于他和他父亲母亲的约定。那个约定，就像清明时节纷纷滑落的雨水，伴随着无尽的思念与爱，一滴一滴，留存于他的心底。

这应该是爷爷每次上山祭祀都心急如焚的原因吧，或许只有见到那个土坟，才能化解他等待已久的长长的相思与哀愁。那个土坟，没有坐标，没有导航，也没有刻字的墓碑，大山间的植被和土路大多相似，若不是对双亲深深的思念和牵挂，他又怎能准确无误地找到通往土坟的路呢？

穿越时空，我仿佛看见了我的太爷爷太奶奶，他们正相互依偎，幸福而慈爱地望着我们。

后来，我的六叔公走了，爷爷也已老得不能再爬山了，祭祀的队伍里走在最前面的人，换成了我的父辈们。他们又凭着自己的记忆，继续沿着那条一年才走一次的山路，找寻祖先长眠的地方。

电影《寻梦环游记》里面讲到，人的一生会经历三次死亡。第一次是心脏停止跳动的时候，这是生理学角度的死亡。第二次是举行葬礼的时候，死者的户口被注销，所有跟死者有关的财物换成他人的名字，死者的身份在法律意义上从这个世界被抹除。第三次是这个世界上最后一个记得你的人死亡——这一刻是真正意义上的死亡，从此以后，再没有人知道你曾经来过这个世界。

关于清明节为何要回乡祭祖,我曾听过一个很好的回答,"人的一辈子,只有当我们跪倒在祖先的墓前,我们才知道自己从何而来,将去往何处。"

生而为人,当不忘来时之路。当有一日,我即将离开这个世界时,也希望能够被这个世界记住,希望自己的故事能被子孙们代代流传,就算是我留在这个世上的绕梁余音吧。

疤痕

我终于鼓起勇气把眼角的那块疤痕做了激光切除。做完之后,由于怕感染,几天都不敢碰水,今天才感觉好了一些。它是一个小米粒一般的突起,正好在内眼角的位置,虽然小,但在外人看来,还是挺明显的。几年前,一个化妆师给我化妆,夹睫毛时不小心夹走了眼角的一小块肉。伤口愈合后就结成了疤痕。我一直没怎么关注它,毕竟它太小了,再加上自己看习惯了,也就不觉得有什么关系。直到最近许多观众提醒我,甚至多次引起误会,我才开始正视它的存在,然后下定决心去医院彻底解决。

我们身体的各个器官正常运转时,你是不会有感觉的,一旦你感觉到某个部位的存在,就表明那个部位很可能出问题了。比方说,当我们的眼睛近视看不清物体,当我们的牙齿产生蛀牙,疼痛到影响我们的生活,当我们去跑步发现脚步拖不动了,这个时候,我们才会意识到身体上的这些平日里没有关注过的地方,原来出了问题。

那是不是没有感觉就代表我们身上的每个

器官都是正常的，都理所当然地正常工作、正常运转呢？其实未必。有些时候我们知道问题的存在，只是没有勇气去正视它、面对它而已，比如我的疤痕，它已经存在了好几年，但却被我自己有意无意地忽视了。一个重要的原因是，我害怕治疗可能会出现的疼痛。

类似的疤痕还有很多，身体上的，心理上的。其实，我们应该勇敢地正视自己存在的问题，不装鸵鸟，因为把头埋在沙子里，看不见的只有你自己。

那次的小手术很轻松，躺下十分钟就完成了。除了康复期间，伤口不能浸水，生活略有不便外，一切都还好。所以，发现自己的问题，解决自己的问题，没那么难。

爱鸟世家

受父亲的影响，我对鸟儿有一种独特的偏爱，没事便会在自家的阳台上撒点米，引来一群群麻雀，欢快地争抢。它们吃完，会站在窗沿上梳理羽毛，擦拭嘴巴，悠闲自得。后来它们常来，会在窗沿上唱个歌，叽叽喳喳的，还能唱出一些曲调，听得出来，那是一群快乐的小鸟儿。

我父亲喜欢鸟儿，每次回乡都会带我们到山野中寻鸟、听鸟、观鸟。山野的树层层叠叠，密密麻麻，要在那上面找到鸟可不是一件容易的事，但父亲总有这个本领，远远听见叫声，便能循着声音准确地找到那棵树，再找到那只唱歌的小鸟。他指给我看，"在那儿，看到没？是一只白头翁。"我顺着他指引的方向仔细观察，一遍遍寻找，还是没能找到那只白头翁，几乎每回都这样，让人失望至极，但同时也让我领略了父亲的本领。

父亲最厉害的不止这个，他还能在一片杂乱无章的鸟叫声中，准确地分辨出鸟儿的品种。那鸟的集体大合唱，有时候还掺杂着秋蝉的鸣响，听得人脑袋嗡嗡作响。我也只能听到这样的嗡嗡响，在父亲耳朵里，却听出了一支层次丰富、激昂交错的华丽交响曲。一只，两只，三只，四只……燕语莺呼，余音袅袅。

这样的本领可不是一天两天锻炼出来的，从小父亲就喜欢鸟，喜欢听、喜欢看。他常常会一个人跑到人烟稀少的山间，坐在那杂草丛生的石块上，一待一下午。

在父亲的影响下，我的小儿子也爱上了鸟，常嚷嚷着要我们带他去寻鸟。近些年自然环境愈发好了，城市的鸟儿也多了起来。我们会带他到小区里转悠，听虫鸣鸟叫，和野猫玩耍。偶尔，我们还能在小区里遇见一群正在地上觅食的麻雀，小儿子见状，会兴奋地跑过去，和它们追逐、说话，然后开怀大笑，可爱又有趣。

还有一次，屋里飞进来一只迷路的麻雀，它羽翼未丰，也就刚学飞的样子，应该是只幼崽。儿子抓住了它，生怕它受到惊吓，轻轻地用两只小手抱着它，还不时用手指抚摸它背上凌乱的羽毛。这个举动没想到还挺管用，原先还在挣扎的小鸟儿一下子安静了下来，之后竟闭上眼睛，安稳地在他的手心里睡着了。为了让小鸟儿睡个好觉，儿子抱了它许久。那满满的爱从一个小家伙的指尖传给了另一个小家伙，让我心里感动且温暖。第二天天刚亮，儿子又急急忙忙起身，把小鸟放归了大自然。

我父亲观鸟的工具颇多，一架望远镜，一台录音机，一张小板凳，一些鸟食。这些工具革新换代后，他又采购了许多新的回来，母亲常念叨他，"买这么多，将来扔起来都费劲。"父亲听后表情严肃，"怎么能扔，我要留给我小外孙呢。"他是这么说，也是这么做的，那些工具挤满了他的床底。

如今父亲70岁了，他最爱的事情不再是一个人去观鸟，而是带着他的小外孙——我的儿子一起去观鸟。他会让小家伙坐在他的肩头，一老一小两个伙伴，有说有笑，走在乡间青青的麦田里，夕阳映射在他们身上，为他们裹上了一层金色的光彩，美得让人动容。

天赐孤独

余秀华以一首《穿过大半个中国去睡你》，在国内已经沉寂了数十年的诗坛掀起一股风暴，她的诗异军突起，迅速风靡全国。毫不忌讳地说，我喜欢她的诗，更喜欢她为人的真实。不过，我也能看到网上许多人对她有着不同的看法，他们批评她的诗低俗，有人甚至还人身攻击，嘲笑她是一个残疾人。

看到这样的评论，总能让我想起另一位坐在轮椅上的作家史铁生。我记得他说过，在这个世界上没有绝对健康的人，残疾和健康，是要相对来看的，我们每个人在一定程度上都是残疾的，区别就在于是身体还是心灵，明显或不明显。有时，身体上显性的残疾反而给了我们一个机会，让我们意识到生命的脆弱，才会更多地去关注内在的心灵。而身体健全的人可能会更加容易沉迷于繁忙的外部活动，忽略了内在心灵的健康，导致比身体残疾更加可悲的心灵瘫痪。

从这个意义上来说，余秀华比许多人健康。

我还喜欢她有着魔幻现实主义色彩的诗歌，

它们充满天赋和灵气,一针见血,刺穿了这个世界的虚伪和人性的弱点。她曾说:"拥有这种能力的人内心世界是孤独的。因为孤独的人往往比喧闹的人更能感受到世界的各种色彩。"我猜她所说的能力,应该是对世界的感知和洞察的能力,而这种能力本身就是一种天赋。

忽然间,我感到了某种共鸣,因为我终于发现,那些常常不请自来的孤独感,也许是上天给予我们的一份幸运,让我们拥有了对内心世界更深层次的感知能力,珍贵且美好。

如果你也能用这种能力去审视自我、阅读人生,在孤独的人生道路上,你也能和她一样,遇见生命带给你的种种惊喜。

幸福指数

以前，当我获得一点点成绩，别人艳羡地赞美我"真幸福"时，我会沾沾自喜，高兴半天。我觉得幸福就是荣誉的获得，是高光的时刻。可是过了几天，当那绚烂的快感渐渐消失，我又会因为一些小事不愉快，觉得自己是这个世界上最倒霉的人。这是怎么了？昨天还是个幸福的人，到了今天却又成了世间最不幸之人，是哪里出了问题？是我对幸福的理解有误吗？

后来我发现，真正的幸福其实是一个漫长的过程，时间可以是一辈子。而评价一个人是否幸福的标准，不在于某个瞬间的幸福指数的高低，而在于其持续时间的长短。如此说来，那些短暂的，在肾上腺素的作用下带来的快感最多算是快乐，不叫幸福。而我们要追求的，不是那种突如其来的快乐，而是持续的逐步提升的幸福指数。就像缓缓流淌的河水，慢慢流向人生的终点。

美国有项调查，说获得奥斯卡大奖或格莱美大奖的人，幸福指数会一下子升得很高，但持续时间通常不会超过两个星期。两个星期后，这些人的幸福指数又会恢复到正常人的水平，也就是我们平常人过日子时的感受。

明白这一点，我们便不会再去计较生活的得失，更不会对一些小事耿耿于怀。当你能时刻以一颗平常心，面对生活给予的一切，能做到淡泊明志，闲庭信步，幸福便如春风带来的花香，始终环绕在你的周围。

假如时光倒流

人生总是在各种各样的选择中度过的，放弃安逸的生活选择漂泊，放弃高薪的工作继续进修，放弃爱你，头也不回。这些选择有时让我们如释重负，有时也会让我们懊悔不已。

和友人闲谈时常被问到一个问题："假如时光可以倒流，你愿意回到哪一年，哪一天？"我很认真地思考了这个问题，然后说出了我的答案，"很想倒流回的时间点，大概是人生做了第一次错误选择的那一年，那个选择让我很后悔。"友人听后马上指出我话语里的错误，他说，"选择没有对错，只有合适与否，倒流回那时候，也许你依然会做出那个选择，因为在那个当下，那应该是你最好的选择。"他的话听来有些道理，缘于那时的我不可能拥有现在的经验，所以我不可能依照我现在的思维，在那个时间点做出我认为最恰当的选择。但我依然感觉后悔，并不是因为那个选择造成的结果，而是因为当初做这个选择时，我没有遵从自己的内心。

我想许多年轻的孩子也曾经和我一样，在

成长的过程中不自觉地活成他人期待的样子：做一个乖孩子，像父母亲喜欢的那样；为了获得他人的赞美和肯定，不惜压抑自己内心真实的想法。比如高考填报志愿，比如择偶，再比如找工作。终有一天，这些"别人"的决定所带来的后果逐渐显现，你发现你并不喜欢你的专业，你的爱人，你的工作，你痛苦不堪，你想反悔，你决定从头再来，但似乎已经没有后悔的余地了。即便真的可以推倒重来，眼前的境况已经和过去大不一样了，那种艰难也是可想而知的。后悔吗？当然。有后悔药吗？没有。于是我们逐渐明白，往后余生，在面对选择时，一定要遵从自己的内心。

遵从内心的声音，他们已经知道你想成为什么样的人。你可以聆听亲人、朋友的建议，也可以吸取前人的经验教训，但你不能被他人的观点淹没了内心真实的声音，你应该有勇气追随自己的内心和直觉。只有那样，即便将来后悔也是因自己而后悔，心甘情愿。

听从内心，从容地做你自己，即使动摇也有内心的想法，即使失望也有内心的想法。无论何时，无论何地，山川大河无法阻挡你内心的方向。

假如再给你一次机会，你是否会勇敢地对他说出那三个字？假如你提前了解了你所要面对的人生，而这人生并非如你所愿,你是否还会有勇气前来?现在,我可以肯定地说出我的答案,当我芳华已逝,我会听从我内心的声音,无问西东。

最浪漫的事

听风数雨的日子里,我独倚凉窗,依着文字的馨香,将如水的思念,写成诗,寄与你。这样的时刻是温暖的,也是浪漫的。于是,浪漫就这样如影随形,拾一朵花,煮一杯茶,捧一滴清露,只要你愿意,你也能让自己的生活浪漫得像一首诗。

恋人之间,不经意的一个吻、一个拥抱、一句暖心的话,都能让你拥有被爱的感觉。又或者一个眼神、一首音乐、一处风景,也能让你快乐一整天。浪漫,就这样装点着生活的灿烂。

女人需要浪漫,是浪漫的追随者。懂浪漫的女人,是有品质的女人;拥有浪漫的女人,是幸福的女人,满眼诗情画意。

浪漫不在于场面大小,不在于东西是否贵重,而在于有心与否。情侣之间的浪漫,不仅在于那一次次的浪漫之旅,更在于那些不经意的细微举动,为你改掉你不喜欢的习惯,默默为你擦掉眼角的泪水,偷偷拍下你酣睡时可爱的样子,这些都是足以让你感动的浪漫之举。

又或者，看见你笑，我就十分幸福，听见你哭，我会万分痛苦，这样的浪漫也很好。

有一句歌词我很喜欢："我能想到最浪漫的事，就是和你一起慢慢变老。"（出自姚若龙作词《最浪漫的事》）"执子之手，与子偕老。"漫漫余生，你我相伴，从风华正茂到垂垂老矣，天底下最浪漫的事不过如此。

一生回味的时光

还记得我们人生中最美好的时刻吗？

我的一位朋友，也算是社会上的成功人士了，有私家车、豪宅，物资富足得让周围的人称羡不已。有次我们聊天，聊起人生中最美好的时刻，轮到他发言时，我们先入为主地以为他一定会和大家分享他第一次收获成功或者赚到人生第一桶金的那个时刻，没想到他的回答出乎所有人意料。他说，记忆里那个最美好的时刻是发生在他小学二年级时，那时他每天放学后都要去割猪草，有一天，他在一条小河边发现了一大片肥嫩的猪草，他赶紧跑过去，惊喜得不知道说什么才好。说到这里，我看见他瞪大了双眼，表情非常夸张，真的就像看见了当年的那些猪草一样。他说："你们不知道那些猪草有多好，我家里的小猪们吃了有多开心。"

说真的，我从来没见过他对他富有的生活赞叹过，但说起三四十年前的那片猪草，我明显感受到了他的兴奋和喜悦之情。

那次聊天，也让我重新回忆起了我人生中最美的时刻，原本还在近处找寻的我，通过朋友的分享，也把时间一下子拉回到了小时候，然后我发现，我之前想到的那些最美时刻，比如考级过关、中大奖、评上职称、户口尘埃落定等，和小时候开心的感觉相比，通通都算不上"最"。我以为，能称得上"最"的，应该就是那些能让我们一生都回味无穷的东西吧。

这样想来，便只有小时候的时光最值得我时时回味和留恋了。那时的生活虽然贫苦，却很简单，每当能得到老天爷一点点帮助和眷顾时，大家会非常感恩和珍惜。如此，我的人生美丽的时刻便有了许多片段：在雨天捡到一块钱，换成了最爱吃但盼了好久都没吃到的麦丽素；妈妈为我亲手缝制了一条花裙子，我穿着它一直舍不得换下；为了治疗血疮病，在别人家荒废的园子里发现了一大片没人摘采过的天星草，而最让我激动的是，村子里没人比我更早发现它；大人们外出时，我和弟弟在家光明正大地打魂斗罗游戏；还和他一起看卓别林，笑得在地上打滚；假期在家和他一起打牌至半夜，饿了煮面吃，一个月把家里的一箱面全部吃光……我不想去分辨哪个片段"最"的感觉更强烈，也实在分辨不出来，于我而言，这些都是我记忆里最美的时刻。

人是活在感觉里的，美好的时刻，大都出现在回不去的年少时光。那些纯粹的美好，感动过自己的瞬间，也在往后的岁月里继续滋养着我们。

第二部

闪亮的日子

当人渐渐成长，看见的世界越来越大，接触的人越来越多，你会发现以前那段单纯得如同清澈溪水般的经历是如此珍贵。

新村旧事

在粤西地区，有一座小城，城里有一个小村落，叫居民新村。30多年前，小城是一座闭塞的城市，但这并不妨碍城里人的热闹，比如那个叫居民新村的地方，常常是人头攒动，车水马龙。

我出生后就一直生活在那里，那里的蓝天白云、风土人情，都是我年少时期最熟悉的回忆。

居民新村这个名字里的"新"字，正好表达了人们对美好新生活的期待和向往，而"村"字，则很好地诠释了当时的居民还保留着乡村人的生活方式。正所谓站在旧社会，展望新时代嘛，梦想总是要有的，万一实现了呢？

20世纪60年代，政府为了解决城镇户口居民的住房问题，在牛圩旁边划了一块地，建起了公租房，起名居民新村。低收入人群每月只需交两元房租就可以住在这里。

到了70年代末，陆陆续续有新的居民在这里建起了自己的房子，这些房子是城镇居民的第一批自建房。阿公阿婆就是这个时候来到居民新村的,他们租了政府的地,打了地基,建了一座一层的小平房。到了 80 年代初,阿爸几兄弟陆续结婚添丁,人口多了起来。房子就在原来的基础上加盖了两层,变成了一幢三层高的小楼房。这对于当时租住在政府公租瓦房的居民来说是一件大新闻,人们没事就会过来凑凑热闹,看房子是如何打地基,如何用钢筋水泥砌成高高的楼房。

以新村为中心的 1000 米范围内,有全市最大的牛圩市场、阳江市江城区岗列卫生院、阳江市第一中学、阳江市介龄小学等,生活配套齐全,用现在的话来形容,那一块是"黄金地带"。但在那时,那里却是贫困居民生活区,不过因为牛圩市场的存在,附近一带常年热闹,来往的行人络绎不绝,也就掩盖了贫困带给人"冷清"的固定思维。

每逢圩日,路上的人常常把新村围得水泄不通。赶集人群的吆喝声、欢笑声,孩子们的打闹声,不绝于耳。做买卖的只要在泥土地上铺块布,东西往上一放,就可以开始做交易了。行人逛饿了,还可以到集市的小店里吃碗正宗叉烧米粉,反正一年也难得吃上几回,今儿高兴,就对自己豪爽一把吧,一块五一碗,唇齿留香。

20 世纪 80 年代初,改革开放的政策刚实行不久,离发展前沿较远的粤西地区,人们也渐渐开始感受到春的气息,仿佛一切刚刚苏醒：城市的建设、人的思想。

1988年，小城撤县建市，更名阳江市，而新村还叫新村。

我印象中的新村，狭小但不拥挤、杂乱却有序。小巷两旁是高高低低的房屋，大多是瓦平房，外墙的砖块裸露，杂草和青苔在缝隙间芜蔓叠生。巷子弯弯曲曲，有点像迷魂阵，走到尽头却柳暗花明。那个年代的粤西地区相对闭塞，交通不发达，外来人口稀少，愿意留在阳江的更是少之又少。所以，想在新村见到一个说普通话的外地人，几乎是不可能的事，偶尔有闯进来问路的外地人，也会被新村人像看猴儿一样指指点点、笑话半天。这样的环境对于孩子们而言，就像一个天然的安全的游乐场，我们在那里狂奔、嬉笑、打闹、玩耍，转眼就度过了童年、少年时期。

如今一晃30多年过去，我们长大了，大人们老了。他们有的已经去了遥远的天国，化作天边一道道美丽的彩虹，但他们的故事还在流传。

我怀念那里，不仅仅因为我曾在那里生活过，更重要的是，当人渐渐成长，看见的世界越来越大，接触的人越来越多，你会发现以前那段单纯得如同清澈溪水般的经历是如此珍贵。它在我遭遇坎坷与挫折、失败与困苦时，像太阳般温暖着我的内心。

仅以几篇小文，纪念我已经逝去的年少时光。同时，也记录20世纪八九十年代我的家乡和那些蜗居在城市角落里的人们。

那一年的春节

1988年的春节，居民新村一派热闹的景象，人们有说有笑，杀鸡、宰鹅、贴对联儿，忙得不可开交。我家的门牌号旁边贴上了一副崭新的"花开富贵，竹报平安"对联。对联是阿公阿婆贴的，他们是这个大家庭的掌事者，掌管着家里的大小事务。

这是一个由十几口人组成的大家庭，除了阿公阿婆，还有我们一家、二叔一家和三叔一家，遇上四叔寒暑假回来，家里更是热闹。但热闹的另一个代名词是拥挤，100平方米左右的房子要住下十几口人，那场面可想而知。人们上楼下楼，低头抬头常常能碰见人。假若碰见的地点是在狭长的楼梯，必定有一方要避让另一方，才能保证顺利通行。新来的媳妇儿是会抱怨的，包括我的阿妈。但过不了多久她们也会像其他人一样习以为常、见怪不怪，后来也就不觉得拥挤，不再抱怨了。

大年初一的早上，吃过咸汤丸子之后，厨房里阿婆烹制的炊鹅已经满屋飘香。小巷也热闹起来，鞭炮声、小伙伴的欢呼声、弹玻璃球输掉后的吵闹声、大人间相互道贺的笑声远远就传了过来。大年初一，不管身上有钱没钱，都不能哭丧着脸，不然会倒霉一整年的。

我的心跟着四面八方的声响也"飞"出了屋外，我穿上新衣正想外出，却被阿婆叫住了。阿婆要拜神，让我也跟着跪拜，这是任务。更要紧的是，完成这个任务之后，神坛上那只香喷喷的鹅翅膀就可以被我撕下来吃。

阿婆点上香，嘴里念念有词，我也虔诚地跟着跪拜。礼毕，我的口水已经流到了下巴。收拾完桌子以后，阿婆开始砍鹅，三叔闻香而来："哟，阿妈手艺真好，炊鹅好香哦。"阿婆听后像吃了蜜糖，开心得合不拢嘴。我看得出来，阿婆喜欢三叔，三叔也很会讨阿婆欢心，这样一来，原本答应给我的那两只鹅翅膀，就分给了三叔一只。哼，三叔这个大坏蛋！

门外的嘈杂声越来越大，我的心也跟着蠢蠢欲动。

我们家是 80 年代初搬到居民新村来的。那时阿公阿婆是工人，有固定的收入，加上阿爸下乡给他们寄的补贴，攒了不少钱，就在居民新村建了一座三层楼高的房子。三层楼，对当时住瓦平房的居民而言，是可望而不可即的，得花多少钱才能建起来啊？新村人每次经过，都会抬头望望这三层的高楼，张大嘴巴感叹一声。小孩子当然也懂这其中的意味，所以每逢中秋赏月，我就会站在高高的楼顶，骄傲地俯瞰所有坐在瓦平房屋顶上赏月的邻居。他们的房子好矮呀,他们放的烟花也矮,他们的心气在那天,也跟着矮了。

我蹦蹦跳跳地加入了玩耍的队伍。

丹妹的阿爸——高叔,不知何时回来了,他有着高高瘦瘦的个子,即使蹲在门口的石墩上,看起来也比站着的我们高出一个头。他似乎很开心,口若悬河地跟我们讲天外飞仙的故事。我听得出神,沾满鹅油的嘴巴张得大大的,早已把鹅翅膀的香味抛诸脑后。丹妹也拿了一只大鹅腿依偎在她阿爸身边,很自豪的样子。是啊,她阿爸不仅能说会道,打架还很厉害,据说能一个打十个,还能赚好多好多的钱。她当然有自豪的资本呀。

高叔说:"外星球和地球不一样。我到那儿以后,看见了一个外星人。他样子很奇怪,跟地球人完全不一样。"

"哇!"小伙伴一片哗然,嘴巴张得更大了,求知的眼神如饥似渴。

"如何不一样?"高叔绘声绘色地描述,"他们的眼睛很大,像馒头那么大,他们还没有牙齿……"

"新年好,恭喜发财,家庭兴旺,财源广进,万事如意,一本万利,事事顺心,想乜有乜[①],得欢祝你从此随心所欲,青

---

① 粤语方言,意为"想要什么就有什么"。

春常驻……"

正当大家迷失在外星探险的路上时,一个响亮的声音穿过了密集的人群,打破了那份神秘。熙熙攘攘的人群随即散开,有的回家关上了门,有些小孩儿大叫着躲了起来。

声音是从一个叫得欢的胖子嘴里传出来的,他的年纪比我们大一些,个头也高一些。他好像从来都不被待见,但他也不会因此不开心。他看起来傻傻的,身材胖乎乎,有点臃肿,手脚黑黑的,脑袋也是歪歪的,眼珠子一只正视,一只斜视。他看你时你以为他在看别人,当你以为他在看别人时,他却正和你说着话呢。他走路一瘸一拐,步子很慢,经常穿一双解放胶鞋,没有袜子。冬天来了,那些可怕的冻疮毫不客气地在他身上"安家",一直到下一年冬天才渐渐好转,结了疤,用更厚的皮去迎接即将长出来的新冻疮。他的衣服永远是那身工人蓝,即使在春节大家都穿新衣服的时候,他依旧穿着他的工人蓝。光凭衣服,你是看不出他的一年有分四季的。偶尔他会戴一顶鸭舌帽,他说,那是他阿妈给他戴上的,说下雨了可以挡雨。他像一台机器,见着人就乐呵呵,嘴里念叨着好听的话。他一乐,一口蛀牙就露出来,唾沫星子横飞。遇上好心人,像我的阿公阿婆,会给他一两毛钱,但大部分时候就如刚才那样,犯众恶,被人赶走,或者,他自己走。

高叔叫住了得欢。

"得欢,你叫什么名字?"

"高叔好,新年好,恭喜发财,家庭兴旺,财源广进,万事如意,一本万利,事事顺心,想乜有乜,得欢祝你从此随心所欲,青春常驻。"得欢送上他背得滚瓜烂熟的祝福。

"问你叫什么?"高叔又问。

"我叫得欢。"

人群哈哈大笑,又聚拢起来。

"你为什么叫得欢?"高叔见大伙儿都乐了,继续取笑得欢。

"我也不知道,呵……"

得欢憨厚地笑了,肥肥的小手摸了摸脑袋,看大家都在笑,他也笑得挺开心。

"高叔新年好,恭喜发财,家庭兴旺,财源广进,万事如意,一本万利,事事顺心,想乜有乜,得欢祝你从此随心所欲,青春常驻。"得欢嘴里继续重复着他的美好祝福。

"行了,你回答不出来,没有利是收,你走吧。"高叔逗完得欢,觉得没劲,开始赶他。

小伙伴们清脆的嗓音也跟着喊起来:"你快走,快走,快走!"有些人还拿小石头扔他。

被扔得衣服上挂了灰,得欢用手拍了拍,笑着慢慢离开了。他去哪儿？谁知道，傻子的事没人管，兴许继续要饭，兴许，他也有他的家。

人群彻底散去，大家都饿了，回家的回家，上街的上街，过年一家人热热闹闹的，谁也没心情理会一个傻子。

其实，得欢他不傻，阿公还表扬过他记性好呢。阿公说他背诵的那段祝福，无论重复多少遍，依然一字不落。"一个傻子哪儿能把台词背得那么熟呢？"阿公说。

1997年，我跟着阿爸阿妈搬离居民新村后，就再也没听过得欢的名字，自然，也没再见过他。后来我听人说在街上看见过他，傻胖子变成了一个面容枯槁、憔悴瘦弱的中年男人。他见到人也不会像小时候那样热情了，不过他还是会毫不吝啬地把美好的祝福送给每一个人。

关于他阿妈的故事，我也是过了很久才听说的。后来，得欢一家在新村的地财屋（即地主老财屋，后来称公租房）被政府收回了，母子俩便离开了新村。不久，他阿妈被查出得了绝症，因为清楚自己时日不多，加上生计无法解决，没有多余的钱去看病，便有了自行了断的念头。她每天会去一趟药店，买一两颗安眠药，一个多月下来，攒了几十颗。

那天天还没亮，得欢妈便起床整理家务，她把家收拾得干干净净，又给30多岁的得欢洗个了澡，然后吩咐他出去玩，她对他说:"妈有事,可能要出一趟远门了,你要照顾好自己,做个正直的人,以后见着好心人给你钱,一定要说恭喜发财,家庭兴旺,财源广进,万事如意……"

得欢点点头,出门了。

从那以后,得欢再也没见过他阿妈。他说:"她死了,我心里清楚。"说完,那双呆呆的不对称的眼珠子里涌出了许多热泪,停在眼眶许久。那迟迟未落下的泪水,似乎包含着一丝倔强和不服输:你们都说我傻,其实我心里比谁都明白。

大人们的战争

从我记事开始,居民新村每天都会上演大大小小各种吵架闹剧,吵得厉害了,甚至直接动手打起来。男人打男人,男人打女人,女人打女人,女人打男人,男人女人打小孩。但是,很少见到小孩子之间动手打架的。后来阿妈分析,是因为我这个"小村长"带领得好,每天孩子们都有玩不尽的游戏,小伙伴拧成了一股绳,自然不会打架了。想来也有几分道理。

春天来了,雨水下个不停,都说春雨贵如油,可对于城市里的人来说,他们既不种菜也不种田,更没有庄稼需要淋雨,所以雨水是很多余且让人讨厌的。讨厌的雨水把我们玩耍的泥地打湿了,打得到处坑坑洼洼,我们不能弹玻璃球、跳绳、打水鸭球、跳方格了。没有了它们,生活就无趣了,生活一无趣,心情就不好了。

我拿了一本书,装模作样地坐在门口,看着雨水哗啦哗地下个不停,心猿意马,书哪里看得进去呀。雨神,快快下令停雨吧!

丹妹就住在我家斜对面,她是全村大人小

孩公认的美人胚子，白白的皮肤，像极了剥了壳的鸡蛋，头发直得可以去拍洗发水广告，一双乌溜溜的大眼睛扑闪扑闪，鼻梁高高的，个子也高高的，笑起来的时候眼睛会眯成一条线，嘴角还有两个浅浅的小酒窝。她简直是我们小孩子心目中的女神呀。我喜欢看她，每天都看不够，好像看多了，自己也会变得漂亮一点。

不知啥原因，丹妹的阿爸高叔在家待了一个冬季还没出过一次门。人在家待久了，是会变傻的。高叔这头就和他二嫂大吵了起来。二嫂叫阿银，是一个高大威猛的女人。阿妈说，银二嫂人不错，但不知为何那天却和高叔大吵了一架。

二嫂扬起下巴对高叔说："有本事你打我啊，阿福不在家，你就欺负他老婆，你这个没本事的男人！"

高叔恶狠狠地瞪着一双大眼睛，没作声。一段时间不见，他脸上的肉凹陷了下去。

"你在家吸毒，还带女人回来，你对得起你老婆孩子吗？"二嫂继续吼道。

周围已经聚集了许多人，大部分人在观看，有一两个好心人则试图上前分开他们。

"别吵了，都是一家人，有什么好吵的。"他们劝道。

"你别拉他，你让他打我。"二嫂理直气壮，一副谅他也不敢怎样的架势。

不知道是不是银二嫂的话刺激到了高叔,还是那天他真的被毒品迷惑了神智,高叔忽然目露凶光,脸上仅有的那点肉抽动了一下。他转身回屋,拿出了一把刀,朝银二嫂直直地砍了下去。

现场传出一声声尖叫。

一瞬间,银二嫂一只血淋淋的手掌只剩一点皮肉和小臂相连。她撕心裂肺地哭着,被人搀扶着离开了。

后来发生了什么,大家都说不清楚。只是从那以后,大家再也没见过银二嫂和她的老公阿福,也再没见过高叔。丹妹的阿妈说,银二嫂夫妇搬走了,高叔后来因为吸毒过量,也死了。她说的时候,没有落泪,还说:"没有这个老公,我们母女的日子更自在。"

从此,丹妹就和她阿妈母女俩相依为命。

天空灰蒙蒙的,雨依旧下个不停,周围除了雨声还是雨声,平日里嘈杂的居民新村因此安静了许多,人们上班的上班,做小买卖的继续做着他们的小买卖,生活又回到了正常的轨道。前些日子还在议论的高叔和他银二嫂的事,已经无人再提起,生活在历史的车轮下,终究只是一粒粒微不足道的尘埃。

"姐,我们去玩吧?"

丹妹和一群小伙伴邀我出门。我数了一下,少了阿蝉。

"阿蝉呢?"我问。

"她阿爸好像不让她跟我们玩。"丹妹说。

"为啥?"

"因为我阿爸吸白粉,因为她阿爸讨厌你阿爸。"

"哦。"

阿蝉的阿爸叫什么名字,我们都不知道,不过新村人都叫他摩托佬,因为他每天都会骑着他的摩托车去搭客,以此谋生。摩托佬瘦瘦的,头发卷卷的,胡子拉碴。他很少说话,见到人也很少打招呼,我们都有点怕他。据说他家和我家还有一段历史恩怨。

我阿爸的舅舅,也就是我的舅公,当年因家境贫寒,被送去给人当儿子,跟着那户人家到了香港。后来那家人不知怎的不要他了,舅公便孤零零一个人出来打工,只要有饭吃,不犯法,他什么都干。十几年过去,舅公终于攒了点钱,从香港回来探亲,经人介绍认识了摩托佬的姐姐,两人很快就成了恋人。但舅公不想那么早结婚,拖了一段时间后,俩人就分开了。再后来,舅公又认识了一个女孩子,就和这个女孩子结了婚。摩托佬的姐姐知道后很生气,摩托佬一家也跟着很生气,发誓从此和我家势不两立。于是,在我还没降临到这个世界前,就已经注定不能和摩托佬的女儿阿蝉成为好朋友了。

"我们走吧,去摘大红花。"我说。

春天的大红花红艳似火,开遍了村子,走到哪里都能顺手摘一朵,吸吮里面甜甜的、香香的汁液。大大小小的花儿很多,摘完了成熟的花朵,含苞待放的花蕾就展开了,花期持续整个春季,再到夏季。到了暑气熏蒸的夏天,强烈的阳光蒸发掉花朵多余的水分,那花的汁液更是甜蜜异常。这也是孩子们最天然、最美味的零食。

我抬头看了看摩托佬的房子,见到了阿蝉。她正躲在窗帘后面,低垂着头,委屈地掰着她的两根手指。她看起来好可怜呀,孤零零的,被关在屋子里。

能怪谁呢?要怪就怪历史,怪命运。

摩托佬是 90 年代初搬进新村来的,他们家的房子建在小巷的尽头,正对着路,地基比一般房子还低一层。每逢下雨,雨水浸满了地面管道,多余的污秽物就会顺着水流漂到他家门口。大人小孩的粪便、剩饭剩菜、破碗、破瓶子、卫生纸,你能想到的一切生活垃圾,一块块、一堆堆,散落在他家周围。我们家就在他家旁边,地势虽然高一些,但污秽物还是会流经家门口。因此阿公提议,大家出钱把地面管道覆盖一下,这样就见不着污秽物,也避免了水涨时污秽物冲出管道,冲到地面的情况。阿公的建议得到了大家的支持。但摩托佬反对,摩托佬说:"没门儿!管道万一在我这儿堵塞、爆开,我家还能要吗?"他说的时候,脸上满是仇恨。

"你怎么不讲道理的?"阿爸问他。

"我就是不同意!你们敢覆盖,我立马把它砸了!"

双方僵持不下。

此后几年,每天上学、放学经过摩托佬家,我们都要绕开那些脏脏的垃圾,有时不小心踩到了不知谁家的屎,也只能安慰自己踩到的是黄金,用树枝抠一抠,在地上擦擦就好了,不碍事。

再后来,我看见裸露的管道被覆盖上了瓦片,有人说是因为摩托佬实在受不了,妥协了。

随它吧,这就是新村本来的面目,战火不断,是非不断。

阿妈说,有人的地方就会有战争,更何况小小的新村怎容得下这数量众多的新村人?换成蚂蚁早都炸窝了!

老太和她的猫

我出生的时候，老太已经很老了。等我长到五六岁，老太就 90 多岁了，后来她活到了 101 岁。

举办丧礼那天家里异常热闹，认识的，不认识的，村里村外，邻里亲戚都来了。来了的人头上挂了白绳，有的还穿着黑衣白服，在屋前的火堆旁围成一圈，跟着现场奏乐边走边流泪。有的人安静地流着泪，有的则放声大哭起来。我很久没有见过这么热闹的场面，也悄悄地挤进了拥挤的人群中。我跟着转圈，也想跟着流泪，可眼泪就是挤不出来，转了两圈，被阿妈瞧见了，硬生生把我拽进了二楼的里屋。她命令我不许再下楼，说这是大人的事，小孩子不该去掺和。我不理解，也不愿意，但阿妈说话的语气很严厉，我不能不听。用她的话形容，我还没长翅膀，还没有不听话的本事。于是，我只好乖乖地待在楼上，听着外面混成一片的锣鼓声、哭声，渐渐地进入了梦乡。

四叔是最后一个回来的，他在广州读书，广州是一个离家很远的地方，回来需要一些时日。对于这个问题，我是有发言权的，因为阿爸带我去过一次。

那年阿公得了白内障，去广州做手术及休养的那段时间，就住在四叔的大学宿舍里。阿爸说，四叔读的是研究生，两个人一间宿舍，所以阿公可以住在他那儿。阿爸答应我，等阿公做完手术，就带我去接他回家。

我期待这一天的到来，省城广州，一个我从来都不曾到过的地方，它是那么遥远又那么神秘。更重要的是，回来以后，我就可以骄傲地向小伙伴们炫耀我的省城之旅了。

我想象着，出发那天，全家人会到村口为我和阿爸送行，阿妈会给我穿上最漂亮的衣服。然后，我和阿爸会在广州吃到很多美食。再然后，我们会带着阿公凯旋。

可是，理想与现实总是有差距的。

怎么出发的，我忘了，我只记得当时周围一片漆黑，然后就继续做我的周公梦去了。到了天蒙蒙亮时，阿爸便把迷迷糊糊还在睡梦中的我叫醒了，阿爸说："广州到了，我们该下车了。"

没有鲜花和掌声，没有送行的人群，也没有漂亮的衣裳，只有扑面而来的迷雾和清晨空无一人的街道。我们在街上等了许久，然后被一个亲戚带进了一家餐馆，吃了一份非常难吃的叫作布拉肠粉的早餐。

这就是省城广州,这就是广州的美食,这就是传说中的布拉肠粉。才第一天,我就已经开始怀念家乡的叉烧米粉了。

阿公在四叔的宿舍住了一段时日,许是想家,许是不想打扰四叔太久,一见到阿爸就嚷嚷着要回家。可我才刚到省城,不能玩几天吗?我心里暗暗生气。阿爸没有说话,和四叔一样,阿爸是孝子,孝子就要听话,所以第二天阿爸就带着我和阿公回家了。我的省城之旅,自然也没有什么值得炫耀的。可我毕竟到过省城了呀,我对小伙伴们说:"我去过省城,你们去过吗?"没到过省城的小伙伴们露出了羡慕的表情。

我得意地笑了。

看得出来,老太走的那天,四叔是风尘仆仆赶回来的。他眼眶泛红,一进门就跪倒在老太躺着的木盒边上,"呜呜"地哭了起来。

几天以后,老太的画像被镶进了画框里,画中的她,跟以往生活中的模样一样,端坐着,眼皮微微下垂,笑容可掬。

我是否应该叫她老太,或者应该怎样正确地称呼她,谁也说不清楚。反正阿爸是这么叫的,我也就跟着这么叫了。

老太是阿爸的阿妈的阿爸的阿妈,也就是我阿婆的阿婆。阿婆的阿妈死得早,留下几个儿女,由阿婆的阿婆,也就是老太带着,后来阿婆长大,结婚生子了,老太又帮阿婆带孩子。

再后来，孩子们长大，结婚生子，老太又帮这些孩子带孩子。老太好像不会老，老太好像一直在带孩子。

我就是老太带过的孩子。

在我小的时候，大人们都要上班，留下我和老太在家里。我常常看见老太坐在客厅中间的竹椅上，看着我，看着整个屋子。老太的床也在客厅，所以她吃、住、发呆都在那儿。老太虽然已经很老了，但她依然坐得笔直。她最常穿的就是那身黑布衣，头上还戴着一顶黑布帽。阿爸说，那衣服和帽子都是老太出生那个年代的产物，她念旧，所以那身衣裳一直穿到了改革开放以后。那衣服见证了清朝、民国、新中国三个时代的变迁，衣服的款式有多老，老太就有多老。

老太坐在客厅中间，眼皮微微耷拉下来，脸上虽然布满皱纹，但那皱纹很有条理，没有长皱纹的地方依旧是光滑白嫩的，比如她颧骨上的皮肤。家里人都说，老太年轻时很漂亮，所以在朝廷当官的老太公相中了她，娶她为最小的一房妾，老太因此成了名副其实的官太太。直到新中国成立，老屋里还放着一把佛扫，那把佛扫就是老太公当官的证明，可惜后来佛扫被阿婆拿来当鸡毛掸子打扫卫生，扫坏了，扔了。

老太喜欢盯着地板发呆，她这样的发呆方式，时常会让人误以为她在睡觉。这个时候，我会偷偷抠扯她口袋里的零花钱。

老太可有钱了，这些钱都是10元一张的人民币，有好几张。钱是阿爸的舅舅，我的舅公从香港汇给她的，每个月都有。老太不需要花钱，但我需要，我只要一点小零头，就能去买好吃的零食了。

可是我没有成功过一次，老太精神得很呢，她的心里清醒得跟明镜似的。老太看着地板生气地教训我："你个死妹陀，敢偷我的钱。"

我躲在一边涨红了脸。

老太继续盯着地板，过了一会儿，她把我叫到跟前："你来，给你五分钱，去吧。"

我拿着钱，买了一袋芒果干，津津有味地吃着。我问老太吃不吃，老太摇了摇头，继续看着地板发呆。

除了地板和我，老太还有一个伙伴——一只可爱的猫。那只猫从哪儿来的，我记不清，只记得我陪着它玩，陪着它转圈，一直到后来它不爱跟我玩游戏了。猫不爱和你玩游戏时，说明这只猫长大了。它长大了，也就不好玩了，它不好玩了，就不再是我的"玩具"了。但老太还是把它当成最好的伙伴，每天睡觉一定搂着它。

南国的冬天又冷又湿，屋子里没有暖气，老太就抱着她的猫睡在被窝里，相互取暖，共度寒冬。猫也会给予老太最好的回报，每天起床都会在老太的脸上娇嗔地磨蹭着，以此感谢主人对它无私的爱。

那只猫的确很可爱。可是有一天，它把阿爸新买的沙发抓坏了，抓出了一道道裂痕。阿爸见状，怒不可遏，一气之下把猫宰了。

那天阿爸很生气，说挖地三尺也要找到这只猫。没有意识到危险的猫，还在它的小天地里乐呵着。阿爸去抓它，它很开心，它还天真地和阿爸玩躲猫猫的游戏呢。阿爸抓住了它的两条后腿，把它倒吊着，杀了。不一会儿，它就变成了大人们餐桌上的美食。

阿爸盛了一碗给老太，热气腾腾的香味扑鼻而来，老太津津有味地吃着，阿爸问："好吃吗？"

"好吃。"老太微笑着答道。

到了晚上，猫没回来，不可能再回来了。老太急了，哭着要找她的伙伴。阿爸说："猫可能迷路了，回不来了。"

连续几天，老太都在屋里呼唤她的猫，一边呼唤一边"呜呜"哭着掉眼泪，有时那哭声一直持续到天亮。

我后来上学，知道了一个成语叫"爱屋及乌"，意思是，如果你爱一个人，你便会爱她的一切。阿爸说他很爱老太，爱到什么程度呢，他说宁愿自己饿着，也要让老太吃饱，因为是老太一把屎一把尿把他带大的。我理解他的感恩之心，可是阿爸为什么会为了发泄自己的怒气，而去伤害一个他爱的人的猫，我不大理解。

也许，他是爱她的；也许，他未必那么爱她；也许，他只是没理解爱屋及乌的真正含义。

不管怎样，老太现在应该找到了她的猫，他们在天堂一定很快乐。

阿弟来了

阿爸、阿妈是最后一户搬离居民新村的。直到阿弟上小学,我们一家四口仍旧挤在那小小的十几平方米的房间里。

二叔一家最先赚到钱,早早就搬出去了。阿妈说,幸好他们走了,不然她还要吃很多苦头。

这栋三层楼高的房子,一层地面的面积只有50多平方米,地块不规则,呈"凸"字形。一楼一间房一个厅一个厨房,住着阿公阿婆。二楼两房一厅,我们一家分得一个房间,四叔一个房间,客厅共用。事实上,客厅基本上是由我们独享,因为四叔大部分时间都在外地上学,很少回来。三楼则住着二叔和三叔两家,他们两家共计六口人,相对拥挤一些。

夏天到来,天气越来越热,火辣辣的太阳照在大地上,发出耀眼的光芒。我们的房间朝西,在经历了一个下午的西晒后,到了傍晚,墙身开始冒热气,使得整个屋子如蒸笼一般,入夜后热气丝毫不退,人待在里面,只觉得脑袋发胀,不听使唤。扇子这时候是不管用的,因为扇出来的都是热风。聪明的阿妈想出了一个办法,在凌晨时分往墙身上洒水,这样洒几次,屋子渐渐就凉快了。到了下半夜,人便能熟睡了。

因为和大家时常有摩擦,阿爸阿妈决定另起炉灶,在二楼一米多宽、四米多长的小阳台上砌了两个炉灶,还在头尾两处钉上木板,拉起布帘,把阳台改造成了一个集厨房和卫生间于一体的多功能场所。渐渐地,阳台便成了我们最常去的地方,洗衣、做饭、洗澡、着急时,大解小解也在那里解决。

阿妈满头大汗地在窄窄的阳台上忙活,一会儿烧柴,一会儿洗衣,一会儿把潮湿的绿豆拿出来晾晒。阿妈怕被晒黑,所以不管天气多热,她都要戴着一顶大草帽,还要从前面套一件长袖的衣服,遮挡住双臂。遇上太阳毒辣时,她还会把手套也戴上,不仅如此,她还要拿块毛巾绑住嘴巴,把脸蛋也遮挡住。这样全副武装下来,阿妈全身上下就只露出一对黑黑的小眼睛。不知情的人看见她,还以为她感冒了或者哪里不舒服,得知真相后,常常忍俊不禁。

生活中的阿妈大多数时候是没有表情的,或者表情里充满了怨气,我看得出来她不开心。偶尔遇上她开心的时候,她会哼几句歌。那首《金瓶似的小山》就是她在阳台上哼唱的,那是阿妈教我唱的第一首歌。

那天阿妈很高兴,笑着对我说:"阿妹,阿妈教你唱歌,好不？"

"好啊。"我眯着眼，认真地跟着阿妈一句一句地唱。

那天我很开心，那红彤彤的夕阳映射在阳台上，让我一生难忘。

"金瓶似的小山，山上虽然没有寺，美丽的风景已够我留恋。"我跟着阿妈温柔的嗓音轻轻地唱着，想象自己化身成一片轻盈的羽毛，飞过山顶，在空中翩翩起舞。那迎面吹来的微风就像阿妈温暖的手，轻轻抚摸着我的脸庞。

阿公有四个儿子，阿爸是老大，自然我就是阿公的大孙女。阿妈说，因为她来自农村，阿公、阿婆不同意她和阿爸的婚事，所以从她嫁给阿爸那天起，她就没有看过家人的好脸色。

"人家生的是儿子，我生的是女儿，我能有好待遇吗？"这是阿妈时常挂在嘴边的一句话。

"她二婶生儿子有啥了不起？你父母凭什么也跟着瞧不起我？"阿妈不敢数落阿公阿婆，便只能数落阿爸。

阿爸一声不吭，也许阿妈是对的，他还有什么好说的呢。

从那以后，阿妈立志要生一个儿子。她说，有了儿子，她才能有尊严，有颜面，或许，她还能拥有她想要的一切。可是阿妈错了，因为直到阿弟到来，她也没有得到她想要的。骄傲的人依旧骄傲，依旧不会正眼看她。这就是人和人之间难以言说的缘分，对于与自己无缘的人，即便付出再多也是徒劳的，就像她和二叔、二婶，就像她和阿公、阿婆。

阿弟是 1988 年来到我家的，那天天气很热，阿爸骑着一台螳螂模样的摩托车搭着我去医院看阿妈，阿爸高兴地说："你有弟弟了！"

我坐在摩托车的油箱盖上，被阿爸包裹在怀里。

两旁树影婆娑，灯火昏黄，路上一个行人也没有。我听到"嗖嗖"的风从我耳边呼啸而过，内心一点儿都不觉得害怕，因为很快我就能见到阿妈和阿弟了。

在医院深夜安静的病房里，我一眼就看见了阿妈，还有守护在她身边的外婆。

"快抱抱，这是你阿弟。"外婆见我来，把一个用厚厚的被子包裹着的小人儿递到我面前。我看见他的眼睛紧闭着，红红的小脸，皱皱巴巴。这让我想起了外星球上生活的外星人，我下意识地把刚想伸出的手缩了回去。

我摇了摇头。

病房里的人都笑了，连躺在床上面色苍白的阿妈也微微地笑了。

她终于盼来了她想要的儿子，她脸上的笑容渐渐多了起来，身体也开始长肉，不再是往日皮包骨的样子了。

阿弟的到来让我的生活多了一些色彩，小伙伴都不出来时，我可以找阿弟玩，有时两人打打扑克牌，有时下下棋，有时还让他陪我唱歌。有次父母外出，我和阿弟在家看卓别林的戏，看着看着就开始笑，一直笑个不停，笑到最后从沙发滚到了地上，然后躺在地上继续笑。

长大后我时常回想起这一幕，觉得特别不解，当时怎么就笑成那样，难道被一只无形的手点了笑穴？我至今没有找到答案。也许，孩子的世界大人的确很难懂。

阿弟和我打扑克牌从没赢过，他的压岁钱几乎都输给我了。怎么可能赢呢，规则是我定的，只有我让他赢他才能赢。

他呜咽着找阿妈要钱，一边哭一边说："姐又把我的钱赢光了。"

阿妈大笑："谁叫你跟那个调皮捣蛋鬼赌牌呢，以后别跟她玩了，知道不？"

阿弟点点头，扭捏着爬到了阿妈腿上，抹着眼泪答应着。

阿弟谨记阿妈的叮嘱，一整天都不跟我打牌了。可是过了两天，他又忘了，他又把阿妈给他的一点零花钱全部输给了我。小孩子忘性大，这话一点也不假。

酷暑过后，孩子们盼望的暑假也来了。年纪稍大一点的孩子整个暑假都在外面奔跑，皮肤暴露在阳光下，很快，个个都晒成了电视里的包青天。大家聚在一起，唱歌、跳舞、赛跑、捉迷藏，有时还会到郊外的河里捉小鱼，这样玩闹，摔伤便是常有的事了。摔得严重时，手脚的皮肤青一块紫一块，磨掉了皮，白花花的肉就露了出来，不一会儿，血也跟着出来了，把干净的衣服染上一朵朵血花。

暑期过后，我的手肘、膝盖几乎找不到一处完整的肌肤。阿妈气得拿竹篾条打我，一边打一边骂："我让你出去玩，让你不听话！"

竹篾条打在腿上，钻心地疼。我没忍住，哭出声来，阿妈便会用更大的力气打我，接着用更大的声音对我吼道："你敢哭出声，我就打死你。"

阿妈打我是不许我哭的，她说她不想让楼上的婶婶们看笑话。

再大一点时，我就只能逃跑了，因为阿妈追不上我，自然也打不到我。等到一两个小时后，她的气消了，我再从外面偷溜回家，也就没事了。

上学的日子到了，被阿妈暴打过后的腿上，一道道瘀痕清晰可见。同学们用奇怪的眼神看着我，羞得我一整天都低着头。后来，我学聪明了，再摔伤时也不会告诉阿妈，我会找阿公、阿婆求助，或者干脆跟谁也不说，自己忍忍，在伤口上面撒点止血的药粉，渐渐地，伤口就结痂了。

阿妈打我，可她从没打过阿弟，我说她偏心，她却说阿弟听话，不惹事，也不会跟人成群结队出去玩，没理由打他。阿妈这样的解释没有说服我，我还是认为她偏心。小孩子较劲起来只有一根筋，认定的事情很难被说服。

我后来也没有像阿弟一样，做一个乖乖听话的好孩子。空闲时，还是会出门，和小伙伴们在黄泥地里赛跑，到郊外的溪水边泼水，看乡下的孩子钓鱼、捉泥鳅、捞蝌蚪。七彩童年啊，是用来给孩子们玩耍和体验的，应该以各种方法尽情地去消耗。它不应该被捆绑、被辜负，至少，不应该仅仅在单一的阅读中度过。大自然的魅力无穷无尽，在这个世界存在的生命形式也丰富多样，这些都需要孩子们用求知若渴的心去慢慢发掘。

光阴荏苒，岁月如梭，日子一天天过去，我和阿弟就这样不知不觉地长大了。那间朝西的小房间已经住不下我们一家四口了，阿爸战战兢兢地去找二叔、二婶借房间，他琢磨着，他们搬走后，房间空着也是空着，应该会借给我们。没想到却被他们拒绝了，二婶坚决地回复："不借！"

三叔、三婶接着也说："可以理解，要是我们搬出去，也不会借。"

不久，三叔、三婶也搬出去了，两个空空的房间，房门紧锁。

我最终被安排到了一楼，和阿公、阿婆住在一起。

阿婆退休后一刻也没闲着，在家做起了中介，每天请她帮忙找对象、找房子的人络绎不绝。常常我刚入睡，就能听到门外有人大喊："洁华，又来找你啦！"他们喊完就带着阿婆走了，我翻个身继续睡觉。

这样嘈杂的环境并不影响我睡觉，反而使我练就了很好的入睡能力，无论被吵醒多少次，都能再次入睡，继续做回之前的美梦。

30年弹指一挥间，恍如隔世。

偷偷吃掉的秘密

认识阿婆的人都说她长得漂亮，她们说她漂亮时，会说："洁华，你长得一点都不像本地人，本地人没有你这样的。"阿婆听后乐呵呵，差点笑得合不拢嘴。站在一旁的阿妈听后却有点不高兴，阿妈半笑不笑地对她们说："别一竿子打死一船人，本地人也有漂亮的嘛。"

阿妈的话我懂，她其实想告诉大家，她也漂亮。

年轻时的阿婆确实挺漂亮，白白的鹅蛋脸，大大的眼睛，头发乌黑发亮。连对她有意见的阿妈私下里也时常夸赞道："你看她那双白白嫩嫩的手，一看就是有福之人。"阿妈认为，阿婆的福气缘于她找了一个疼她的老公，阿妈说："你阿婆没干过家务活，你阿公疼她，都包揽了。"阿妈没说错，我真没见过阿婆做过家务，那些做饭、洗衣、砍柴、烧水、喂鸡喂鸭的活儿，几乎都是阿公做的。从这个角度看，阿婆是挺有福气的。

阿婆有许多"秘密"，这些"秘密"只有我知道。

第二部 闪亮的日子

退休以后，阿婆在家里做起了中介。那个年代没有专门的中介公司，但找房子、找对象的需求却一直都有，社会上便滋生出许多像阿婆这样拥有资源的人。他们知道各种信息，能帮助别人顺利买卖房屋、土地，也能帮助许多人成功找到另一半，从而赚取一些中介费。这种交易模式似乎跟现在我们所认知的中介公司无异，所以我猜想，这应该就是中介公司最早的经营模式。

阿婆是新村一带掌握这类资源最多的人，每天来找她的人络绎不绝。就连阿爸买地都是通过她，不过因为阿爸是自己儿子，阿婆便免了他的中介费。

阿爸得了便宜，但还是没有认同阿婆不帮忙带孩子的行为。他选择站在阿妈这边，埋怨阿婆。

深深的埋怨没有影响阿婆的心情，阿婆照旧专心致志地忙她的中介工作，累了就睡，饿了就吃，乐在其中。阿妈被她的这种能力折服，一边埋怨一边又忍不住惊叹："怎么这么能睡，跟猪一样。"

那几年，阿婆当中介赚了不少钱，口袋里胀鼓鼓的，所以有事没事都会到村口打牌娱乐。有时打着打着牌，一桩生意又谈成了。

阿公不喜欢阿婆打牌，但因为阿婆打牌还能谈生意赚到钱，阿公也就只好一声不吭。女人有钱就有地位，就有话语权，这个道理阿公明白。

阿婆打牌赢的次数很少，她赢的那天，我们远远就能听见她在村口跟人打招呼：

"你们吃饭啊，好多菜哦。"

"对呀，洁华你呢？这么好心情，定是赢钱了吧？"

"哈哈哈，赢了赢了！"

阿婆满面春风地回家，一进家门便迫不及待地掏出口袋里的钱，左口袋，右口袋，上口袋，下口袋，掏出来满满一小堆。阿婆咧着嘴，开心地数着钱，眼睛眯成了一条缝，"十块，五块，两块，一块，五毛，一毛……"阿婆先数大额的，再数小额的，赢了足足30多块！

阿公也在旁边开心地笑了，阿公一边笑一边说，"你都成赌仙了！快吃饭吧，饭做好了。"

阿婆听到阿公这样赞美自己，更加得意了。她昂首挺胸，像一个胜利归来的战士，慢悠悠地迈着小步走到餐桌前，享用阿公给她准备的晚餐。

阿婆坐下，笑着说："赢这么多，明天可以加餐了。"

那个年代，一个菜汤，一碟鸡蛋外加一点瘦肉算是一份正常的菜单。额外加餐时，阿婆会到村口的市场，买点叉烧回来。

家乡的叉烧很美味，肥瘦参半的猪肉经过酱料腌制，再用炭火烘烤，外焦里嫩，散发着诱人的气息。所以光是加餐前的那份期待，都足以让我的唾液决堤式喷发。

我等待着阿婆的叉烧大餐，但始终没有等到。因为阿婆头天赢的30多块，第二天全部输了回去，不仅如此，她还输掉了不少本钱。村口的人在吃饭，叫住了阿婆。

"洁华，回家吃饭啊？"

"嗯。"阿婆面无表情。

"哦，输钱了吧？"村口的人接着说。

可能是因为相处久了，新村里好像人人都有这本事。他们能迅速地从你的表情里看出你的内心。

这种被透视的感觉不好，阿婆勉强挤出一点笑容回答她们，"还行，赢了一点。"

阿婆垂头丧气地回家，阿公早已等候多时。阿公因为我的提前报告，知道阿婆输了钱，还输了不少，便严肃地教育起阿婆来，"叫你不要去赌，十赌九输。"

阿婆赶紧翻开口袋，指给阿公看，"你看，这不是钱啊？赢了一点点。"

很明显，阿公不是阿婆的对手。我立马站出来支援阿公，"这哪里是你赢的，这明明是你的本钱。"

"这就是本钱啊！"阿婆辩解。

"那赢的呢？"我逼问她。

"赢的……没赢多少，就赢了几毛。"阿婆语无伦次，一边把手里折皱了的几毛钱摊平，一边为自己解释，她说的时候声音很小。

阿婆没有了底气，阿公底气就足了。

"叫你不要去打牌，老去打，这下好啦，输了这么多。"

阿公底气足的时候，嗓门是很大的，不仅嗓门大，气流也很足，口水花跟着气流喷出来，喷了阿婆一脸。

阿婆被喷了一脸口水花，消失了的底气瞬间苏醒了。

"你懂个屁，什么不去打牌？我哪里输啦？哪里输啦？你哪里看见我输啦？"

阿婆苏醒后的底气化成了强劲的音高，使得阿公好不容易有了的底气顷刻间化为乌有。阿公悻悻地说：

"那，没有就好，那就赶紧吃饭吧，菜都快凉了。"

阿公一旦用这样的语气说话，那所谓的口水战便要正式告一段落，要阿公再积攒能量喷阿婆一脸口水花几乎是不可能的事情。每当这时，阿婆也会识趣地见好就收，乖乖跟着阿公去吃饭。

阿公和阿婆，就像一个圆，你来我往，你弱我强，缺一不可。阿妈常常嘲笑阿公是个"老婆龟"①，但我看得出来，这嘲笑的背后是无尽的羡慕，广东话不是说嘛，"怕老婆会发达"，这怕老婆，表现出来的是男人的一种生活智慧，他哪里是怕你，明明是因为爱你才会谦让你。阿婆让阿妈羡慕，也让新村许多吵架的夫妻羡慕不已。

阿婆意识到大家对她赢钱这件事很关注，此后，不管输赢，都会开心地回家，进门后第一时间就会翻开口袋数钱，嘴巴还要大声地配合着，"赢了一毛，赢了两毛……"阿公在旁边听到，开心地笑了。

阿公以为阿婆赢钱时，阿婆大部分时候是输的。只有我知道她的秘密，那个藏在她微笑背后的"输钱的秘密"。

我决定帮阿婆把钱赢回来。

炎热的夏季过去，我家门前聚集了许多人，昏暗的灯光下，男男女女老老少少围成几圈，圈里面的人聚精会神地思考着出牌的章法，圈外面的人伸长了脖子探头围观，我带着阿婆挤在里面奋战。

可能是因为我年轻眼力比他们好，每每我都能赢。阿婆就在一旁拍着手掌，为我鼓劲加油。牌友们因此很不高兴，他们

---

① 广东阳江方言，形容怕老婆的男人。

齐声埋怨,"洁华,还是你来打啦,小孩子懂个屁,小孩子不读书,跑来参与老人家的事,不好。"

阿婆被说得有些不好意思,她拍拍我的脑袋,让我离开了。其实,阿婆也确实手痒痒了,她又接着我的运气继续她的牌局之旅。

除了打牌、做中介,阿婆大部分时间都是吃了睡,睡了吃。阿婆越是能吃,就越能睡,越能睡,就越能吃,周而复始,形成了良好的循环。所以她和阿公站在一起,一个白白胖胖,一个瘦瘦小小,形成了鲜明的对比。村里人见着他们,总会捂着嘴巴偷偷笑:"你们家是洁华掌权的吧?"阿婆听了,开心地笑了。阿公见阿婆笑了,也跟着笑了。

小时候的我和阿婆一样,圆滚滚的。但圆滚滚的身材并没能阻止我们爱美的脚步。我们穿上新衣裳,把头发梳得整整齐齐上街,遇见熟人,会被调侃:"哟,洁华这么漂亮,带着你小女儿上街啊?"

阿婆渴望有个女儿,所以当她听到别人这么说的时候很高兴,笑着问人家:"像我女儿吧?哈哈,但这是我孙女儿,大孙女儿。"

或许是真不知道,也有可能是装不知道,别人会补充一句:"你有这么大的孙女啊,你真有福气。"

第二部 闪亮的日子 | 163

阿婆笑得更开心了,她拉着我的手继续逛街去了。

阿婆爱吃零食,我也爱吃零食,有时阿婆的零食刚买回来,就会被我吃得精光。阿婆吃不到多少,于是想办法让阿公把零食藏起来。他们把零食从最上面的米桶,藏到了中间的米桶,又从中间的米桶藏到了最下面的米桶,还是没能防住我。最后,他们干脆把零食扎进了米里,他们以为这下安全了,连老鼠也不可能发现它们的藏处。

但他们还是错了,他们不知道嘴馋是可以激发人的潜能的,而这种潜能一旦被激发,搜索能力比老鼠还要厉害。

我趁他们出门以后,用灵敏的鼻子定位到了芒果的具体位置,把藏在最下面的米桶中米堆里的几个熟透了的芒果挖了出来,吃个精光。

那香甜诱人的果肉吞到肚子里的那一刻,让我顿时觉得芒果真是世界上最美味的食物啊。

到了晚上,阿婆趁我熟睡时,叫阿公去取她的芒果。阿公费劲地把米桶一个个搬出来,再用力扒拉里面的米,还是没有找到。

阿公摇了摇头。

"你是不是已经吃完了?"他问阿婆。

"没有啊,还剩三个。"阿婆回答,她对她爱吃的食物记得很清楚。

"你会不会记错了？"阿公表示怀疑。

"不会记错，要不就是阿妹偷吃了？"阿婆满脸疑惑。

"不会，这么隐秘她找不到，估计是被老鼠吃了。"阿公肯定地说。

阿公的判断，间接帮我撇清了嫌疑，这让躺在床上装睡的我忍不住笑了。

其实阿婆心里清楚，那盗贼非我莫属。但通过这件事，也让她明白了一个道理，独食无果。

打那以后，阿婆不再隐藏她爱吃的零食，不仅不隐藏，还会给我钱，让我去买更多好吃的零食和她一起享用。

"阿婆，糖果好吃吗？"我问。

"好吃，再帮我买两块钱的。"阿婆点点头。

所谓天伦之乐，大抵如此吧。

阿公

我的阿公生于 20 世纪 20 年代末,他出生的时候,世界仍然处于一片混乱状态,战火纷飞,硝烟弥漫,饿殍遍野。阿公幸运地出生在南国一个偏远的小村庄,远离了战乱,也避开了危险。尽管常常衣不蔽体、食不果腹,但他终究长大了。等他长到 20 岁,像个稳重的青年,能扛起一个家的时候,新中国成立了。然后,他与一位 15 岁的少女组建了家庭,一年后,他们的第一个儿子,我的阿爸出生了。

阿公有着那个年代的男子共有的时代特征:淳朴、善良、勤劳、节俭。他的衣服、裤子和袜子,不是破到没法缝补是绝对不会扔的。有时饭菜变味了,他会把它们放进锅里热一下,就又拿出来吃。

从我记事起,他的屋子里一直放着一只老木箱,那只木箱陪伴了他几十年,被蛀虫蛀穿了好几个洞,破破烂烂的。大家劝他把它扔了,他舍不得,说:"还好好的,不要浪费。"

其实,阿公有能力买一只新的木箱,他只是舍不得,那个时代人对物件的爱惜程度是我们无法体会的。既然体会不了，也改变不了，那就尊重他们的决定吧，大家也就不再勉强了。

阿公的父亲，我的老太公是一名造船高手，在当地很有名，拥有一家造船厂，还有许多田地。阿公四五岁时，老太婆突然死了。老太公再娶，又生下了几个儿女。本以为生活就这样平平淡淡地过去，没想到后来，村里有人觊觎他们的财产，密谋、欺骗、陷害他们。最后，老太公的船厂和地契都被骗走了，老太公家道中落，不久也病死了。

都说穷人的孩子早当家，没有了父母的阿公读完小学一年级便辍学了，他每天起早贪黑帮着干农活，渐渐地扛起了养家的重担。村里的一位好心人可怜他，又觉得他老实肯干，还识字，就把他介绍到了城里一家百货商行，安排他在那里当一名伙计，负责售卖商品。阿公很珍惜这份来之不易的工作，每天都是最早上班，最晚下班，因此他每年都被评为先进工作者、劳动模范。单位给他奖励了一件白背心，上面印着个大大的"奖"字，阿公把它视如珍宝，常常穿着它，干活更卖力了。后来公私合营，成立了百货公司，阿公又成了百货公司的员工，还当上了工会主席。有了这份工作，阿公的手头轻松了不少，稍微节俭一点，供他的阿弟上学便不是一件难事了。

阿公的阿弟叫阿六，我们都叫他六叔公。在我的记忆里，六叔公和阿公一样，也是瘦瘦小小的。他喜欢抽烟，为了节约，他只在村里买那种便宜的土烟纸，把烟丝放进去，手指熟练地一卷，就是一根完整的香烟了。有时，烟纸他也舍不得买，随手在报纸上撕下一角，卷些烟丝，点上火，也能津津有味地吸着，还不时吐出黄色的烟雾。不知是不是常年抽廉价烟的缘故，六叔公的牙齿和手也被染成了蜡黄。

阿公说，六叔公很懂事，舍不得花阿公的钱，他感激阿公的养育之恩，早早就辍学，留在乡下耕地种田，用这些收获的果实回报阿公。后来，六叔公的孩子们大学毕业后都分配到城里工作，要把他接出来。他也拒绝了，他说他已经习惯了乡下的生活："城市啊，就让孩子们去见识吧，我有田有地，有吃有穿，就够了。"

他就这样一个人孤独地守着那间破旧的祖屋，一直到他离开这个世界。

过去，我们是很难见到六叔公的，只有在清明节回乡扫墓，或者碰上他出城看望阿公时，才能见上他一面，但也只是匆匆一面，没聊几句，他便起身要回去。他说他要赶在天黑之前回到家："路上很多蛇，晚了不安全，这些毒物都是夜里才出来。"

他和阿公的对话也是简单而匆忙。

"5 点出发的吧?"阿公沉默了一会儿问。

"嗯。"

"路不好走,一趟差不多要 3 个小时。"六叔公说。

"嗯。"

双方陷入了沉默。

"吃不吃午饭再走?"阿公问。

"不吃了,吃完赶回去天都黑了。"

"带吃的了吗?"

"带了。"

双方再次陷入沉默。

"那我走了,我就是来看看你。"说完,六叔公站起身,用他那双因为长期干农活而长满肉茧的手,拿起脚边的一袋番薯递给阿公:"今年没挖多少,雨水太多,都淹了,这些你留着吃。"

说罢,六叔公转身离开。

匆匆赶来,又匆匆离开,六叔公像个急急忙忙的赶路人,而这一切,只为了和哥哥见一面,说几句话。阳光下,我看见六叔公凹陷的脸,皮肤又黄又黑,瘦小的身板,腰杆挺得直直的。他大步走出了门口。

阿公和六叔公一样,少言寡语。

为了供三叔上大学，毕业后为他谋一份好的工作，阿公努力攒钱。他在一楼的厨房里划了一块地，围了一个栅栏，养了两头猪，还在楼顶养了几十只鸡。猪粪很臭，但阿公的鼻子好像闻不到似的，他每天帮猪洗澡，自己也在猪圈里洗澡。猪一天天长大，等长到一定时候，阿公会把附近的阉猪匠找来，把猪阉了，这样猪才能长得更快更大。

20世纪八九十年代，阉猪匠是非常吃香的，不少家庭都会养几只猪，增加点收入，阉猪匠就成了"抢手货"。如果不小心待薄了他们，猪被阉割得不干净，还会继续发情，后果是很严重的。那样的猪肉质口感都不好，没人愿意收购，那猪就等于白养了。

对于猪而言，好的阉猪匠也能缩短它们受苦的时长。被人把两条后腿绑在梯子上，再架到墙边，肚皮向着众人，那猪已经被吓得不轻。假若阉猪匠还不能麻利而精准地完成开刀，抠花的过程，猪遭受的罪可就大了。整个过程没有麻醉，要在肚皮上开一刀，还要伸进两只手指在猪肚子里抠来抠去，那疼痛可想而知。这个时候，猪叫得就更凶了，叫得整个新村都能听见。

阿公养的是一头母猪，那小母猪长到七八十斤上下，阿公就把阉猪匠叫了过来。程序是一样的，围观的群众也都差不多，几乎每回都这样，喜欢看这种惨烈场面的人不会落下每一次新村的阉猪活动。

只见阉猪匠不紧不慢、按部就班地进行着他的步骤：绑了猪，往猪的肚皮抹上紫色的药水，拿出锋利的小刀⋯

幸运的是，这回的阉猪匠还算是个熟练工，正当人们以为那只小母猪快要叫晕过去时，它突然停止了叫声，恢复了平常的模样——阉割完成了。

被阉过的小母猪果然长得很快，一年下来就长到了三百多斤。阿公很高兴，把它卖了，换了不少钱，当天就给考上警局的三叔加了菜，做了几件新衣裳。

自从三叔考上了警察局的工作以后，劲头比以前更足，说话也比从前更大声了。每天上下班，他都会骑着一辆自行车，头上戴着一顶重重的带有警徽标志的摩托帽。乡亲们第一次见到这样的搭配，颇有微词，觉得三叔的装扮太奇特。但三叔不以为然，他是警察，无论怎么穿戴他都是警察。后来，局里给他配了一台警用摩托车，三叔就变得很神气了，车还没开到村口，摩托车的喇叭就响了起来。乡亲们一听到这声响，就知道我们家的警察叔叔下班回家了，纷纷出来观看。乡亲们围观停着的摩托车时还要用手摸一下，这稀罕物只在电视上见过呢。三叔见此却不高兴了，让你看就看，还摸上了？要不要上天？

于是，他吩咐阿公每天守在门口，盯着他的那台警用摩托车，不许任何人靠近。甚至那顶重重的摩托帽他也要阿公帮他锁进柜子里，生怕被人偷了。

三叔在乎他的工作，阿公在乎三叔，他们两个彼此在乎着世上最重要的东西，似乎也没有什么问题。后来时间一长，柜子里的帽子臭了，连着柜子也臭了，路过的人闻着有点异味，建议阿公以后别把帽子放进去了。阿公没理睬，继续用那臭臭的柜子保护着三叔臭臭的警帽。再后来，街上的警车多了，乡亲们也就不觉得三叔的警车有什么特别的了。当三叔再次按响他的喇叭时，乡亲们会说那是噪音，吵得人生厌。但三叔依旧在他的劲头上，到了村口就按喇叭，乐此不疲。

我在楼顶养了一只小白鸭，那鸭子是我在路上捡回来的，它有着雪白的羽毛，很漂亮，就像一坨干净柔软的棉花。我给它洗澡、喂食、陪它玩，看着它一天天长大并产下第一个鸭蛋，既欢喜又感动。那软软的蛋壳儿一着地，便迅速氧化，变得坚硬起来，让躲在一旁观看的我惊叹不已。

阿公见我喜欢小白鸭，又买了两只送给我。有了同伴的小白鸭不怎么理我了，见到我来也不会像以前一样跑来欢迎我。我有点生气，为了报复它，便偷偷抓住了它的一个伙伴。走在前面的小白鸭发现同伴不见了，伸长着脑袋四处寻找，不一会儿就看到了蹲在地上用手臂围住鸭子的我。它没有逃跑，竟"嘎嘎"地向我走来，用它软软的下巴在我肩上蹭来蹭去。为了它的伙伴，它在向我求情呢！这个发现让我感动不已。小鸭子也是通人性的！我摸摸它的脑袋，把它的小伙伴放了。此后，我只在楼上看它们玩，很少打扰它们。

那只小白鸭我养了它三年多，某天它突然死了，阿公就把它宰了。阿公说："它很长时间都不生蛋了，精神也不大好，吃得很少。"阿公还说："我在它的肾里取出这么大一块石头，它应该是死于肾结石的。"阿公举起他的大拇指在我眼前比画了一下。

想到小白鸭在世上的日子是快乐的，我也就不再纠结了。楼顶上的鸡换了一批又一批，但阿公从此不再养鸭子了。

夏天终于来了，天气热得像火炉，新村人一到夜晚就会坐在门口唠家常，手里还拿着一把大大的蒲葵扇。很多秘密就是在这个时候被散播开来的：隔壁通嫂家的小孩被打了，烧鹅权家进贼了，禾仙家儿子原来也吸白粉……

世上没有不透风的墙，这些秘密经过他们口口相传后便不再是秘密了。

阿公从不参与他们的讨论，他光着膀子坐在屋里看电视呢。阿公说，他最喜欢做的事就是看电视，但电视节目的声音一响,他的呼噜声也就跟着响起来了,原来阿公真正喜欢的是电视的催眠效果。

阿公坐在电视机前打盹儿,我坐在阿公后面的凳子上看电视,一只蚊子在阿公光秃秃的背上飞来飞去,伺机在阿公的背上美餐一顿。忽然,那只蚊子找到了阿公凹陷的背脊沟,在那儿停了下来。它扇动着翅膀,把长长的嘴巴扎进阿公香喷喷的肉里。

见到这样的"小偷",我心里立马生出了一巴掌拍死它的冲动,其实,我也确实可以相当容易地一巴掌拍死它。但因为它的行为太猖狂,猖狂到敢公然在我眼皮底下欺负阿公,让我觉得它是在挑衅我,所以我想,我不能就这么轻易饶了它,必须要以牙还牙,给它点颜色瞧瞧。

我迅速找到了一把电蚊拍,准备用它狠狠地处置那只蚊子。为了确保万无一失,我按动了一下开关,听见电蚊拍发出"呲呲"的声响。很好,电流十足。

我举起电蚊拍耐心地等待着,等它在阿公的背脊沟旁若无人地吸着血,慢慢地越吸越饱,直到整个腹部透出鲜亮的红。

时机到了,我举着电蚊拍的手瞬间重重地朝阿公光秃秃的背上拍了下去。顿时,阿公的背部火光四射并发出一阵啪啪的声响,接着,一股带有烤肉味道的白烟从阿公的背上升起。

还在睡梦中的阿公发出一声惨叫,然后像弹簧一样从椅子上跳了起来,他大声骂道:"哎呀,你个小妹丁想死啊,电我!"

话语间,我看见那只肥肥的蚊子,沿着阿公的背脊沟笨重地飞走了。

我指着那只飞走的蚊子,张大嘴巴,气得哑口无言。

还有一次,我趁着阿公戴着他的老花眼镜坐在电视机前打盹的时机捉弄他。阿公坐着睡觉时有个习惯,先是闭上眼睛,然后整个头慢慢低下来,最后重重掉下去。掉下去那一刻,阿公会下意识地睁开眼,抬起手擦擦嘴边的口水,然后再次把头抬起来,挣扎着睁开眼。

就这样和倦意斗争几个回合,阿公最终会战败,进入沉沉的梦乡。

我找准他低头的时机,拿了两张厚厚的沾了胶水的黑纸片递到他跟前,一瞬间恰到好处地把纸糊到了他的眼镜上。确定挡住了他的眼睛后,我便起身把房间的灯关了,然后走到他跟前,用力拍他的肩膀,大叫:"着火啦!"

阿公从梦中惊醒,吓得从椅子上跳了起来。同时,他也意识到自己眼前一片漆黑,不知道发生了什么事,整个身子开始哆嗦,一边哆嗦一边踉跄着摸去墙边找电灯开关,他嘴巴不停地颤抖着,大喊:"完了完了,我瞎了,洁华,你快来!"

看到这个场景,我已笑得趴在了椅子上。阿公听到我笑声的同时,也摸到了电灯的开关。房间亮了,阿公从眼镜的侧面看到了余光,他猛地摘掉了眼镜,才发现,镜片被贴上了两张厚厚的黑纸片。

"啊,要死,我打死你个小妹丁!"阿公骂我,口水花也跟着喷了出来。许是被自己刚才的窘态逗乐,他也笑了,笑得脸上只剩一口金灿灿的假牙。

20 世纪 80 年代,钱银紧缺,物资匮乏,一个家庭的月收入也就几十元,阿公省吃俭用,把省下来的钱叠好,放在一个小铁盒里,再把小铁盒放进那只古老的木箱,用铜锁锁上。木箱里都是阿公积攒的宝贝:他的衣服、一家人的合照,还有香港的舅公寄回来的风油精。

阿公真的很节俭,他舍不得在自己身上多花一分钱。但当看见阿婆因为可怜一个外来的迷路年轻人,偷偷塞给他 20 元钱让他回家,遭到儿子们责备时,阿公却不吱声。阿公支持阿婆的善举,我看得出来。

阿公舍不得给家里添置任何一件多余的物品,但当我要他帮我实现一个小愿望,买一只 10 块钱的音乐盒时,却二话不说打开铁盒把钱给了我。阿公把钱交给我时,让我惊讶得一句话也说不出来,那么多的钱足够为他自己买一只新木箱了,但他却把它给了我,我的内心五味杂陈。

我后来很想告诉阿公真相,音乐盒不是我喜欢的,我只是不小心把它碰坏了,店家要我必须花钱买下来,我不得已才找他撒了这个谎。

阿公小心翼翼地打开木箱,再打开木箱里的铁盒子,从里面拿出一张崭新的 10 元钱递给我。

我笑了,阿公也笑了。

那只破碎的音乐盒被我拿在手上,沉甸甸的。我翻来覆去地聆听它发出的美妙的乐曲,越听越着迷。我已经喜欢上这只小小的音乐盒,不仅因为镜面上那个亭亭玉立会跟着音乐翩翩起舞的少女,更因为那是阿公为我实现的人生第一个"愿望"。

一起长大

说出来你可能不相信，当年新村里的孩子，都没怎么上过幼儿园。原因有两个：第一，那时候的家长大多没有"赢在起跑线上"的意识，觉得上不上幼儿园无所谓；第二，即便有意识，也没有钱。于是，新村里的几十个孩子，每天成群结队，玩在一起，感觉就像一个"新村幼儿园"。

因为我年纪稍大一些，鬼点子多，读书成绩又不错，还能唱唱歌、跳跳舞，所以我被小伙伴们当成了"老师"，大家听我指挥，跟着我打闹，玩得很开心。假若哪天我没空，家长们定是要把孩子唤回家的，他们觉得除了我，谁都信不过。渐渐地，我在新村的名气便不亚于阿婆了。

今天，是新村幼儿园成果展示的第一天，孩子们准备了歌舞表演。大人们拿个小板凳围成一圈当观众，报幕员是凤兰。

"首先，有请三妹为我们带来歌曲《人人叫我好儿童》。"尽管五音不全，三妹还是大胆地走到人群中间，扯开嗓子唱了起来："青菜青，绿盈盈，辣椒红，像灯笼……"

三妹快唱到一半时，录音机里的磁带才刚放完歌曲的引子，她根本就没有跟上节奏嘛。姐姐凤兰急得在边上大喊："要听节奏，重来……快唱，快，开始了。"

三妹似乎没有听见姐姐的话，越唱越起劲，嗓门也越来越大，唱到深情处，身体还跟着扭动起来。管他呢，音乐放它音乐的，我唱我的，开心就好。

在场的人"哗"的一声笑了起来，有些孩子笑得前仰后合，干脆趴在了地上。看到这场景，三妹唱得更起劲了，鼻涕流到了嘴巴也不知道擦。凤兰羞得脸通红，像个柿子。

三姐妹中，凤兰是大姐，好像也只有大姐才有名字，二妹和三妹似乎没有名字，也许这就是她们的名字。跟所有乡下穷苦的孩子大多叫"阿猫""阿狗"一样，这名字也赐予了她们无穷的生命力：摔倒不哭，病了不闹，挨打也能笑。父母忙于在外做小买卖，有时顾不上给她们捎吃的，一天一顿稀饭，生命也能延续，红红火火，白白胖胖。

三妹的口袋里装得最多的零食是盐。偷偷抓一把盐放在口袋里，没事用手指蘸点出来，放嘴里舔一舔，再下意识地嚼一嚼，发育期没有得到满足的口欲问题就解决了。但她阿婆通嫂的盐罐子里的盐却日益减少，通嫂很生气，逮着她就骂："才刚买的一包盐,又快没了,这个死三妹。"当通嫂把这个"死"字骂出来的时候,三妹是要挨打的。不出所料,三妹挨了通嫂的一顿揍。她一边挨打一边哭着嚷嚷:"阿爸的水果是要用来卖钱的,不能吃,吃了钱就少了,所以挨打也要吃盐。"

通嫂打她的手忽然停住了,嘴上虽然还骂她,但脸上明显没有了生气的表情。穷人的孩子早当家,三妹小小年纪就懂得为家着想,还有什么理由打她呢。

过了几天,通嫂买了一包盐,赏给了三妹。三妹吃了通嫂奖励的盐,唱起歌来更加自信了。她早上唱,中午唱,晚上也唱。三妹的歌声飘荡在新村的上空,飘进了禾仙家的窗户。

禾仙一家都在政府单位上班,起点高,最近他的儿子娶了一个媳妇儿,一家人看起来更神气了,说话谈笑都让人觉得很有距离感。禾仙的儿媳妇虽然个子不高,但走起路来下巴却抬得很高,头也顺势抬高,让人觉得她就是新村最高的那个人。她的嘴唇每天都涂得红红的,闪闪发亮,那样子看起来就像电视上的明星。

自打她来了以后,三妹唱歌就没那么方便了,常常唱着唱着就要被她打断:"三妹,你唱什么歌,你不知道人家要睡觉啊?"

被骂以后,三妹小声地哼唱,禾仙的媳妇儿再次进入了梦乡。

或许是三妹的脑袋不好使,又或许是她觉得自己唱得太好听,三妹又沉浸在了歌曲的意境中,全然忘记了刚刚受到的警告。不知不觉,她的歌声越发大了起来,再一次飘进了禾仙媳妇儿的梦中。她又吵醒了人家。

结果大家都能猜到,三妹受到了史无前例的批评。

第二天,家家户户都收到了禾仙的投诉和劝告,禾仙严肃地对大家说:"以后,逢休息时间,小孩不准唱歌,不得聚众玩耍,请大人监督!"大人们和气地点头答应,转身就对我们说:"人家是公家人,要睡午觉,以后乖乖听话,别嚷嚷啊。"

老百姓对公家人都有点惧怕,以后,大家就很少听到三妹的歌声了。

三妹的二姐有时候也会到新村来,平日里她跟着她阿爸阿妈生活,偶尔才来新村她阿婆家。最近听大姐凤兰说新村很好玩,孩子们都玩疯了,二妹的心变得不平静了,她撇下阿爸授予的"乖阿妹"称号,撇下阿妈的水果档,独自来到了新村。

"二妹,最近干啥去了?"我问她。

"最近可厉害了,我爬上树,偷了人家好多阳桃。"二妹边走边说,脸上一副得意扬扬的表情。

二妹说她爬得上树,大家是相信的。因为她和凤兰、三妹不一样，样子不一样，身材也不一样。她的身材不仅和她的姐妹不一样，和新村的小孩也不一样，新村里没有一个小孩长得比她高、比她黑、比她瘦。不到 10 岁，她就有将近一米七的身高，像极了一只饥饿的螳螂。螳螂爬高有什么难度呢？所以大家一点儿都不觉得出奇。

"你偷阳桃，有没有被发现呢？"有人问二妹。

"嗯，有人想抓我，但我像孙悟空一样，一个筋斗云就回到地上来了。"二妹骄傲地炫耀着。

"啊，你个死二妹，不去帮你阿妈卖水果，跑来这里胡说八道！"通嫂听到了二妹的声音，在屋里喊了起来。

"啊，你会筋斗云，你怎么跌得头破血流？你阿妈还没打死你，缝了那么多针。"通嫂骂她。

二妹挠挠头，知道阿婆要赶她回家，小声对我们说："我是故意头朝下的，翻了几个跟斗，头撞在地上一点儿事都没有。"

二妹一边说一边弯下身子，露出头顶盖让我们摸。我看见她的头顶中间秃了一大块，露出白白的头皮，头皮上有一条长长的"蜈蚣"，难看极了。

"我走了，等你们放暑假我再来啊。"二妹说罢，转身离开了。二妹走了，留下那高高瘦瘦像螳螂一样的背影和头皮上那条长长的难看极了的蜈蚣。

暑期来了，二妹没有再来新村，通嫂说，她阿爸阿妈需要有人帮忙看水果档，三妹太小，凤兰要上学，只有不怎么读书的二妹可以帮得上忙，所以二妹不会来新村了。

"对她而言，哪有什么寒暑假，哪有什么休息日呢。赚了钱才能放假，才能休息。"通嫂说。

这话我后来深有体会。

后来我的阿爸停薪留职，阿妈因为多生了一个孩子被停岗，阿爸和阿妈也在外头做起了小买卖。只要合法、能赚钱，什么都做。他们在下岗工人一条街卖过衣服，在学校旁卖过奶茶，在家里开过小作坊。后来我上大学，他们还跑去乡镇卖烧鹅，帮酒店削过马蹄，剥过大蒜。一家人起居生活需要钱，再苦也只能坚持。

贫穷似乎是大部分新村人正在经历的，在我目光所及之处，除了贫穷还是贫穷，许多家庭常常吃了上顿没下顿。因为生活水平差不多，没见谁比谁更好，相比之下，也就不觉得自己低人一等了。人们在贫穷的浪潮里，挣扎着，努力着，一刻也不曾停歇，根本没精力、也没时间想起那些捆绑在自己身上的苦难。那就好好活着吧，总算没白来人间一场。只要不放弃，希望总会有的。新村人用他们的切身经历诠释着"愿意的人，命运领着走；不愿意的人，命运拖着走"。

阿季和阿全

阿季和阿全，是新村人口中两个调皮的男孩儿，他们在我童年的记忆里留下了深刻的印象。因为他们不好好读书，还经常吹牛皮，到处惹是生非，大人们常常拿他们当反面教材，教育小孩时会说："别跟阿季和阿全学坏了。"就连善良老实的阿公也给了他们不好的评价。阿公帮三叔看守他的警用摩托车，远远见阿季过来，就会先叫住他，提醒他走过来时要离摩托车远一点。那提醒似乎在间接说明，阿季是一个如恶魔般的坏孩子，他所到之处，树木会枯萎，东西会被摧毁。

有时候阿季会觉得委屈，会跑来和阿公理论："凭什么不让我过路，路又不是你的。更何况，我又没碰你的摩托车。"阿公根本不听，不管你怎么说，反正都是你的错。

身上"坏孩子"的标签太明显让阿季很烦恼，明明有时做的是好事，但别人还是觉得他不对。这个时候，阿季的阿爸就要出来向大家道歉："都是我家阿季不对，以后我让他注意一点。"

阿季的阿爸阿妈是新村里当之无愧的一对

老实夫妻。夫妻俩高高瘦瘦，话不多，走起路来慢条斯理。新村人背地里会议论他们，说他们太老实。新村人对他们用这样的形容词其实是带有嘲笑意味的，"老实"的代名词是"笨"。你这么笨，我不嘲笑你还能嘲笑谁？

不知道是不喜欢阿爸的老实，抑或是不喜欢阿爸因为老实被欺负，阿季决心要和他阿爸不一样。还没到逆反的年龄，他的行为已经开始逆反。他张嘴就来："你敢跟我打架吗？"

阿季说这话的时候，头抬得高高的，胸膛挺得直直的，他想让自己看起来像老虎一样凶。可他说话的语速出卖了他，他的语速跟他阿爸一样慢，立马没有了凶狠的感觉。你见过这么不利索的老虎吗？阿季涨红了脸，加快了语速，但这一加速，舌头就跟着打结，最后连一句话都说不完整了。这样一来，大家就更加肯定他是他阿爸的儿子了。没办法，基因就是这么强大。

对面的小孩并没有被他吓到，反而被他的结巴逗乐了，"扑哧"一声笑了出来，学着他说话的样子回答他："我我我敢敢敢和你比比比的呀。"

孩子们笑得前俯后仰。

阿季的嘴巴和肚子都气得胀鼓鼓的，但他仍旧不服输，说："你不敢，所以你才笑。"

孩子们没搭理他，扭着屁股回家吃饭去了，留下阿季一个人，继续生气。

因为阿季到处给人下嘴上战书，他阿爸又收到了不少邻居的口头警告。阿爸把阿季叫到跟前，用他招牌式的慢语速狠狠地批评了他，阿季傻傻地听着，没作声。

"你听——听——听到了吗？"阿爸问。

阿季点了点头。但是隔天，村里的小孩又收到了阿季下的挑战书，阿季就又受到了他阿爸的一顿狠狠批评。

不知从哪天开始，阿季嘴唇右侧长了一个肉泡，连续长了好几年，让本来说话就不利索的阿季更结巴了。肉泡的存在，使得他的上下嘴唇没办法闭紧，阿季说话时好像漏气似的，他再找人下战书时，孩子们便觉得他更好笑了。

在我离开新村以前，阿季基本上给新村大部分孩子都下过挑战书，但我从没见他打过谁，尽管他在嘴上、精神上已经打遍天下无敌手了。

阿全是阿季的好朋友，村里的孩子们都记得他的标志性形象：手里拿着一袋方便面，晃晃悠悠地走着，像个小老头。想到一会儿就能吃到他最爱吃的干拌方便面，阿全的喜悦之情溢于言表，他手拿一袋方便面，摇晃着小脑袋，嘴里哼着那首他最爱的《水手》："他说风雨中这点痛算什么，擦干泪不要问为什么……"

"阿全，你又偷了你阿婆的方便面啊？"有人问他。

"还用偷？我没有钱买吗？"阿全掏出口袋里的五毛钱。

"吃完这包，我还要再买一包。"阿全得意地向众人炫耀。

三妹站在一旁直咽口水，她的那点盐在方便面的面前简直就是一个屁。三妹问阿全："哥，能给我一点吗？"

三妹是阿全的堂妹，三妹的阿爸和阿全的阿爸是亲兄弟，分别排行老大和老二。阿全想，三妹年龄比自己小，而且是大伯的女儿，尽管舍不得，还是要给她一点的。于是，他从方便面里掰出硬硬的一根，再从那一根里折了一小丁点递给三妹："喏，给你。"

许是太馋，又或者是方便面太美味，三妹略过了手指的步骤，直接用嘴巴接住了她堂哥的那一小丁点面条，一下子把它咽到肚子里去了。阿全抖抖三妹沾在他手上的口水，看着三妹期待的眼神，不耐烦地说："去去去，吃你的盐去，没了。"

赶走了三妹，阿全把剩下的一大包方便面吃了个精光。他一边吃一边继续哼着那首熟悉的《水手》："他说风雨中这点痛算什么，擦干泪不要问为什么。"

有时吃剩一半，他会自言自语道："剩下这些泡点水，变成水泡方便面，更好吃。"

第二部　闪亮的日子 | 187

阿全在新村吃方便面吃出了名堂，孩子们有钱买方便面时便会效仿他的这两种吃法。不过后来使他名气变大的，是他阿妈银二嫂和高叔的"砍手事件"，这件事之后，他们家从此搬离了新村。但阿全时常会回来看望他的阿婆和小伙伴们，也依然不改他的标志性形象。只是他再次出现时，已经和以前有所不同，他变得更加大胆，更敢于和陌生人说话，更喜欢吹牛皮了。他吹起牛皮的时候，像极了他那个因吸白粉而死了的三叔——高叔：

"我有一次一天吃了十几包方便面。"

"我阿妈断了的手一点都不疼，自动复原了。"

"三妹和她大姐、二姐加在一起也打不过我。"

说起他阿妈，阿全眼睛里掠过一丝淡淡的忧伤。村里人说，阿全的阿妈银二嫂搬离新村后，得了抑郁症，不久就病死了。他的阿爸因为银二嫂的离去，整日郁郁寡欢，不久也患了癌症，死了。没了阿爸和阿妈，阿全的生活乱了套，他开始跟着他最小的叔叔以及社会上的小混混偷东西、吸白粉，被抓后不久，也死在了监狱里。他的阿公阿婆因为儿子、孙子的相继离去，伤心过度，没多久也死了。

后来，新村人说起他们一家的时候，常常很感慨。生命就这样匆匆地来，匆匆地去，好像除了成为大人教育孩子的反面教材之外，他们也没给这个社会留下些什么。

我可怜那个"美食发明家"。我想，如果他的阿妈没得抑郁症，如果他的阿爸没有死，如果他没有遇见社会上的小混混，如果他不是他父母的阿全，或许，他会有一个不一样的未来。

可是，没有如果。

后来，孩子们都长大了，读书的读书，搬家的搬家，外出打工的打工，各奔东西，几年也见不上一面。

阿爸告诉我，那群孩子当中，只有阿季还留在新村。当年有诈骗分子利用他的老实，让他当跑腿到银行取钱，结果被抓了，被判了几年。从监狱出来后，阿季变得更呆了，一见到人就躲。他阿妈忍受不了这样的儿子，改嫁了，留下老实的他和他老实的阿爸。

夏天的雨说来就来，老天变脸比谁都快。滂沱的雨伴随着耀眼的闪电和轰鸣的雷声，把整个新村都淹没了。阿季独自坐在家门口看着绵延不断的雨滴发呆。他不去工作，他每天的工作就是坐在家门口发呆。

"呵，当年也是这样的雨，也是这样的闪电，可当年新村里的那些人呢？"阿季似乎在喃喃自语。

我的父亲

当我把新村人写得七七八八时，我的阿弟提醒我，你还遗漏了两个重要的人没写，那就是我们的父亲和母亲。我当然知道我没有写他们，但不是遗忘了，而是他们的故事太多，一时不知从何说起。我想着等我思绪明晰时再写他们，但这一等，好像没有尽头。所以干脆就今天，在我阳历、阴历生日同一天的日子，写写我的父亲，算是一种仪式感吧。

这是我第一次这么正式地称呼阿爸为父亲，很不习惯，平时我和阿弟称父亲为"奇哥"。在我和阿弟的眼里，阿爸就是奇哥，奇哥就是阿爸。这个名字是我给他起的，直呼他为"哥"，好像一下子拉近了尊卑长幼之间的距离，没有距离就没有界限，说起话来也能互相调侃。但其实，真的没有界限吗？好像也不是。奇哥是甚少允许我们拿他来开玩笑的。所以，给他起这个名字，似乎本身就有那么点儿开玩笑的意思，我们希望他是社会上的哥儿，但他在地球上生活的这 60 多年，社会一直在做他的哥。

阿公说奇哥是铁公鸡，奇哥不认。奇哥说：

"我自己都没吃的,哪儿来吃的给他?"奇哥的话听起来有点道理,但他并没有说服我们,我们还是一致认为他抠。这种抠不仅仅是对周围的人,他对自己也很抠。所以,对于阿公的评价我们找到了一个合理的解释:一个对自己都抠的人,是不可能对别人大方的,因为人的本质就是自私的。

20世纪70年代,奇哥作为城市里的知识青年,高中毕业就直接插队,下乡到了海南,成为机械厂里的一名机械工。上山下乡对于老三届的许多人来说,生活艰苦,离家远,来回一趟还很折腾,大家心里是很不情愿的。奇哥也一样,每当宣传队来动员时,奇哥都会叫弟弟们配合着,一起躲到床后的尿桶旁。他宁可忍受隔夜尿的熏臭,也不愿意见到宣传队的人。有时宣传队的人动员完,会坐下来喝杯茶,和阿公阿婆唠唠家常,奇哥几兄弟便要捂着鼻子在那桶臭尿旁一直待着,直到宣传队离开。

奇哥异想天开地以为就这样一直躲着,就不用下乡了。但他错了,没过多久,他还是被分配到了海南。那就只能乖乖接受现实了。从此以后再也不用被阿公训骂和管束,每月还有几十元的收入可以寄给阿公,在他们面前扬眉吐气,也是好的,奇哥这样安慰自己。

坐一天一夜的车,再换成船,又不知航行了多久,奇哥来到了海南。面对陌生的环境，陌生的伙伴，奇哥一点儿没感觉陌生，因为他有期待，对未来生活的期待让他感到快乐。

"既然改变不了，就享受它。"奇哥说。

海南的生活很艰苦，奇哥一待就是 10 年。"大冬天寒风凛冽，运完水泥直接在篮球场洗冷水澡，很冷很冷。"奇哥跟我们回忆起那段经历。"阿亮在墙上抓了一只壁虎，直接生吞，说能治百病，结果他发高烧住进了医院，差点死了。壁虎肚子里那么多蚊虫、细菌，他把它吞进去，你说可怕不可怕？"说到和他一起下乡的同伴阿亮，奇哥总会第一时间想到他生吃壁虎的事。也不知道是不是这件事从反面教育了奇哥，奇哥变得越来越有洁癖，不干净的、没煮熟的食物一定不沾口，饭前饭后都要洗手，外出后要把全身上下的灰尘掸干净才进家门。他既这样要求自己，也这样要求我们。

下乡 10 年，奇哥的木工技艺越发精湛，不仅如此，他还学会了许多其他手艺：组装音响、电视，维修各类家电等。日渐增强的动手能力，让他越发无所不能。家里的柜子、床是他用一块块木板组装并上漆的，电灯、电视、水龙头坏了是他自己维修的，就连亲戚朋友家的电器坏了也是他过去帮忙修理的。最厉害的一次，他自学组装出了一台大功率音响放大器，并做了两个大音箱，这在当时的小城里，是一件很牛的事。"这样大功率的音响放大器在当时整个小城也找不出三台。"奇哥说。所以每次奇哥播放他的偶像邓丽君的歌时,都会把音量旋钮调到最大,一来测试放大器的效果,二来让新村人都听听,我阿奇家有音响,还不是一般的音响。

新村男女老少果然被这新奇的声响吸引,纷纷过来凑热闹,一探究竟。奇哥小小的自信心也膨胀起来,他不顾阿妈的反对,买了两只麦克风、一堆 CD,让我在家里唱了起来。"甜甜的酒窝窝,甜甜的笑……"

杨钰莹这首《甜甜小妹》响彻整个新村,找我玩的小伙伴也越来越多。通嫂、丹妹阿妈、阿季阿婆,就连摩托佬都会把自家孩子推到我家门口,像碰巧路过一样,说:"哎呀,君姐在唱歌啊,快,过去学学!"

不一会儿,音响周围围了一圈孩子。奇哥闻讯,赶紧从厨房跑出来,拨开人群,拿起一把鸡毛掸子掸他的机器,他一边掸一边说:

"喂,站远点。"

"手别碰。"

"很多灰。"

"哎哎哎,说话太大声了。"

后来,再听到音乐,孩子们便很自觉地站在楼下,远远听着，不敢靠近奇哥的设备了。

我因为常常在家帮奇哥试音响，学了不少歌，便去参加了许多歌唱比赛，有一次还代表学校获得了城区少儿组歌唱大赛第一名，获得了人生中第一份奖品——一台收音机。这让奇哥很得意，他对我愈发严格了。某天他忽然很认真地对我说："你要学好普通话，因为你阿爸我的普通话是很好的，下乡时每个人都表扬我。"我因此又去报名参加了许多朗诵比赛，还获得了电视台举办的全市朗诵比赛的第一名，获得了一只焖烧锅的奖励。因为事先没有告诉奇哥我参加了比赛，所以当我拿着奖品回家时，奇哥还一头雾水，没明白这中间发生了什么。

后来我才知道，奇哥的普通话其实很普通，那些赞美他的人，都是他下乡时的工友或当地人，在这些从来只说方言的人眼里，能把普通话说完整，基本上就算是好的了，而奇哥就这样进入了好的行列。我忽然感觉自己上当受骗了，但转念一想，又觉得这不失为一个美丽的骗局。

如果说我后来成为一名新闻工作者是凭借自己的摸索和努力争取而来的，那在这之前，在我心里种下对语言、对话筒喜爱种子的人，一定是奇哥。他是我的启蒙老师，是他，引起了我对话筒的兴趣，又严格要求我学好语言，才让我获得了播音主持领域的入场券。

奇哥影响了我，同样影响了我的四叔。在他的启发下，四叔也对电子产生了浓厚兴趣，最终被保送进中山大学，并成为这个领域的佼佼者。

20多年过去了，我比赛获得的奖品被奇哥一直珍藏着，他一个人在家时会偶尔拿出来看看，算是一种念想，也算是对他几十年人生历程里一点点值得骄傲的总结。我和阿弟是他的儿女，我们通过努力收获的成绩，也是他的成绩。

在新村生活的日子里，没有多少时刻是安静的，争吵的队伍当中，奇哥和阿妈从来没有缺席过。记不清他们都是因为什么事情争吵，总之，吵着吵着就能打起来，然后就是阿公、阿婆、三叔、三婶等过来劝架。再然后，奇哥和阿妈又和阿公、阿婆吵了起来。放在一楼的那张饭桌，奇哥砸过，阿公打过，叔叔、婶婶们也都踢过，很是受罪。好在，这样的吵闹没有对我造成多大的影响，我玩我的，他们吵他们的。

真正让人恐慌的时刻，是在我们搬离新村以后。他们再吵，却没有人来劝架了，我和阿弟只能惶恐地承担起过去由阿公阿婆充当的角色，非常压抑和辛苦。有时他们会在半夜打起来，我们也只能艰难地从被窝里爬起来，睡眼惺忪却要装作非常清醒的样子下楼去劝架，还要一边劝说一边微笑，希望以此把快乐的情绪传递给他们。到了第二天，仍要风雨无阻地起床去上学，去考试。

很长一段时间，家里都是这种死气沉沉的氛围，生活来源不稳定，没事可干，大眼瞪小眼的，两口子总能因为一些细细碎碎的事情吵起来。后来，奇哥和阿妈便想办法托人在下岗工人一条街要了一个卖衣服的摊位，这下好了，再不用天天对着彼此，他们苦闷的生活有了些许色彩。一天晚上，省委书记从省城过来视察这条街，这对于小城里的普通老百姓来讲可是难得一见的大新闻，别说省委书记，就连市委书记、区委书记他们都没见过，所以街上早早就站了许多人，等待着那个耀眼的时刻。在人群的簇拥下，书记终于出现了，他挥着手亲切地向大家问好，人群里瞬间掌声雷动，场面极度热闹。奇哥听说省委书记来了，忍不住也想过去一睹他的风采。他跟着人群拼命往里挤，但试了几次，都失败了。按理说，奇哥人很瘦，随便一点缝隙就能挤进去了，但问题是，真的一点缝隙也没有。那就只能拼力气，但奇哥力气又没人大，所以只好干巴巴地看着别人欢呼，也跟着欢呼，就当是全程参与了这次盛会。

看不见书记，却知道省里最大的官来过，街上的小贩跟打了鸡血似的，做起事来很有激情。奇哥也把他看到的热闹场面绘声绘色说给阿妈听，俩人热烈地讨论了起来并和睦相处了几天。这让我和阿弟很开心，他们终于有了共同话题，不再吵架了。我们也可以不用提心吊胆，随时准备调动一切精力去当"调和油"了。

这样理想的日子仅维持了几天。那天，他俩又不知因何事吵了起来，吵到最后，奇哥甩手就回家去了，扔下我和阿妈还有阿弟收拾档口。阿妈一言不发，用自行车拉着一包重重的衣服走在街上，我在后面帮忙扶着，阿弟紧紧跟在她身旁。深夜的小城，灯火昏黄，安静中带有一丝伤感。我们就这样走着，一句话也不说，彼此能听见对方沉沉的脚步声。那是我第一次注意到这座城市深夜的样子，两旁昏暗的房子，安静的树，微凉的风，还有灯光照映下，一名妇女带着两个孩子瘦弱的身影。"那房子里面的人应该都已经睡了吧？是不是还做了甜甜的美梦？我们也快到家了"，我在心里默念着。

育儿专家说，孩子大部分的精力用来对付父母时，他的学习会受到很大影响。成绩上不来，父母批评，又给了孩子很大的压力，周而复始，形成恶性循环。这是我当妈以后常常看到的观点。这不禁让我想起了过去，当我和阿弟还是个孩子的时候，我们的精力也是这样被浪费掉的，浪费在调和父亲与母亲的关系上。无辜又无可奈何。阿弟常说，你没有办法选择父母，改变父母，你只能选择过好自己的人生。我们都在努力着，完善自己，逃脱那段灰色的经历。

90年代末,我的父母双双下岗。奇哥卖过服装、烧腊,和叔叔们合伙开过工厂,即便这样,收入也远远不能支撑一个家的开销。阿妈就在酒楼里找了一份财务工作,勉强维持生计。没过多久,阿妈工作的酒楼裁员,阿妈也失业了。那一年冬天,二舅给我们家送来吃的,外婆也从农村赶来,给我们送钱,帮助我们度过寒冬。阿妈眼含热泪地望着他们,哽咽得说不出话来。困难的时候,没有人愿意走进我们的家,所以二舅和外婆的到来,让阿妈很感动。奇哥也尽量不出门,不买东西。不能开源,节流总是可以的。可贫贱夫妻百事哀,再次进入四目相对的日子,矛盾随时都会出现,没说两句话俩人又开始吵架,吵着吵着,奇哥拿起水壶扔了过去,阿妈躲在一旁哭,哭完也起来踢奇哥。结果是,没踢着,另一只脚踩了个空,直接跌倒在地,疼得哇哇叫。奇哥笑了,阿妈因为自己的囧样也笑了,阿弟看到他们这样也跟着笑了,最后,我也笑了,但我知道,我的笑容里面尽是苦涩和无奈,是逃不掉又无能为力的深深的挫败感。

一年后,我离开家乡去省城上学,奇哥和阿妈去车站送我。意识到那将会是我很长一段时间离开家乡,去往另一个城市生活和学习,我的鼻子涌上一阵阵酸楚。当车子缓缓驶离车站,我仍然侧着身体,从车窗往外看。我看见他们站在原地,一动不动地目送我，直到大巴离开。回过身，泪水已经模糊了我的双眼。一直盼着自己快点长大，逃离那间小小的房子、那个灰暗的环境，现在终于要离开，心里却有万般不舍。

直到 20 年后，奇哥才告诉我，那天他也哭了。"舍不得。"他说。一个在孩子印象中铁石心肠的男人，流下了眼泪。我的内心是感动的，这份感动迟到了 20 年。

我想，人和人之间，包括孩子和父母之间，其实是需要保持一定距离的，它能让你更全面、更理性地认识一个人。上了大学以后，我才开始了解我的父母，比如，我时不时就能看到偷偷落泪的奇哥，亲戚生病，朋友去世，甚至连家里的狗老了，也能唤起他内心的理解和共鸣，让他掉下泪来，这在以前是从没见过的。是奇哥老了，内心变得柔软了，还是过去的我们根本不了解他？

现在，我和阿弟时常会坐下来回忆那段往事，一遍遍回想，又一次次调侃，那种感觉就像是站在"上帝的视角"回顾过去，忆苦思甜。

我们终于放下过去，开启了新的生活。

摩托奇哥

奇哥在20世纪80年代末当过"摩的司机"的这段经历，大家一开始是不愿意提起的，奇哥觉得没面子，我们也觉得不光彩。得多艰苦才会去当"摩的佬"呢？但人有的时候就是很奇怪，越想遗忘的事情越容易想起，想起来了就随便聊聊，聊着聊着就进入了调侃模式，次数多了以后，这段经历就成了大家茶余饭后的谈资，也就不觉得有什么不光彩了。

其实，在奇哥前半段的人生里，生活还是过得不错的，下乡回来分配到国企，每个月有固定收入，工作也轻松，休息时间还能跟工友去钓钓鱼、观观鸟。刚成家那几年，他还做了一些音响工程，攒了几千块钱，这对于80年代的人来说，可不是小数目。阿妈想用这笔钱买块地，日后建个房子好搬离新村。奇哥不同意，奇哥喜欢大家庭的热闹，也不愿意过早规划他的人生。于是，他用这笔钱开始了他享受生活的第一次规划。他买了一辆铃木摩托车，成为小城最早拥有摩托车的5个人之一。他还买了一台录像机和一台彩电，这些家电又让他在小城里威风凛凛了一番。在当时，别说彩电，能拥有黑白电视机的家庭也没几户。奇哥得意扬扬地说："县领导的生活也不过如此。"

都说人在舒适区待久了是会掉队，跟不上时代步伐的。社会在进步，你却在原地不动，肯定要被淘汰，不进则退说的就是这个道理。没过多久，奇哥的工资明显不够一家人开销，攒的钱又都买了家电，家里生活捉襟见肘，奇哥只能另谋出路，他选择了停薪留职。

80年代末，小城里零零散散开始有人经商，做起了小买卖，平日里冷清的街道变得热闹起来。住在路边的家庭会因地制宜，在一楼的位置摆些商品供人选购。有摩托车的人也利用起了这个优势，干起了搭客的活儿。因为刚刚兴起，那时的摩托车又比较少，起初摩托车司机是一份比较受人尊敬的职业。虽然你是个司机，但你毕竟开的是摩托车，而我作为客人，却是一个连自行车都买不起的人。可能出于这点微妙的心理差距，每当人们过去坐车时，总会对摩的司机满脸堆笑、客客气气的，不知情的人见到这场景，常常误以为司机才是那个准备坐车的老板。后来，街上的摩托车越来越多，摩的司机也不再是稀罕的职业了，人们再坐车时，便不会像过去那样礼貌地称呼这些摩的司机为司机大哥了，而是直接叫他们"摩的佬"。

奇哥就是在这个时候成为一名摩的佬的。那天，他鼓起了很大勇气向单位递交了停薪留职申请，虽然早已做出决定，理由也想得很充分，比如，光是工资不够养活一家人这一条就足够充分了，但办完手续那天，奇哥心里还是有点依依不舍，那毕竟是他端了十几年的铁饭碗。但又有什么办法呢？铁饭碗也没用啊，生活所迫，不出来不行。那么，就大步往前走吧，好好当一名摩的佬，让家人过上好的生活。

离开单位第二天，奇哥就到牛圩载客去了。牛圩是整座城市最大的农贸市场，和镇上的集市相比，庄稼在这里往往能卖个好价钱。于是，每逢圩日，各个镇的村民会挤破脑袋把自家庄稼地里多余的收成运到牛圩出售，换点钱以便过年置换衣裳、买点年货。因为没有车，大多数村民只能用牛来运载农产品，或者自己充当牛的角色，扛着走到牛圩。这样一来，市场里里外外便被围得水泄不通。俗语有说，有人流量的地方就有商机，有商机就有财路，摩托车司机们也懂这个道理。他们聪明地选择了牛圩市场的几个出入口作为等客的地方。按照先来先得的原则，从最靠近出入口的位置自觉地一字排开，整整齐齐。他们搭讪着，有说有笑，有的还会相互递根烟。其实，你很容易就能看出哪些是经验老到的老司机，哪些是像奇哥这样初来乍到的新人。老司机们一般都穿得破旧烂的，而新司机则会穿戴新净；老司机见到客人来会热情而主动地迎上前，新司机则躲躲闪闪，生怕被人看见似的。这些老司机看见了第一天过来的奇哥，便主动跟他说话，"穿这么好，新来的？""嗯"，奇哥尴尬地点点头。"过几天你也会跟我们一样，日晒雨淋的，多好的衣服都会变成破旧烂。"说完，在一旁等客的司机们都笑了。

就像是站在黑炭堆里的一粒闪闪发光的金子，奇哥干净整洁的装扮给他带来了好运气。客人经过，一眼就瞧见了他，径直向他走来问价，那感觉就像整个牛圩只有他一台车在等客似的。一天下来，奇哥赚了不少钱。他一到家便把我叫住了："阿妹，要不要钱，来，给你钱买零食。"说完，他把手伸进胸前的口袋，从里面掏出了一沓折叠得整整齐齐的人民币。我看见他扯了几张大面额的出来，小心翼翼地把它们折叠好，又塞回了口袋里。然后，他从剩下的钱里，扯出了最里面绿色的一张递给我。"来，阿妹，给你两块钱，拿去买零食吃。"我摇了摇头，没有接他的钱。这些钱来之不易，我怎么能要呢。奇哥见状，便下车向我走了过来，硬是把那两块塞给了我。奇哥说，那天他搭客挣的钱，比他在单位一个月挣的工资还多，他一边说一边笑得合不拢嘴。我看着他，心里却有种说不出的滋味。此后，奇哥更加努力工作。他每天天不亮就出门了，寒冬暑夏从不间断,到了晚上才回家。

我的学校离新村 500 米左右的路程,走路大约需要 5 分钟。有时奇哥收工早,会叫我坐上他的摩托车兜我去学校。奇哥对孩子的这份疼爱,却让我十分难为情。当摩的司机有一段时间了,奇哥的脸已经不再似往日那般干净白皙,同学们见到他那黑黑的皮肤,定会联想到他摩的佬的身份,那会让我很难堪。小小的自卑感在我心里作怪,我对他说:"不用了,就几分钟,干吗要开车送。"奇哥不知道我内心真实的想法,坚持要送我上学。他说:"快上车,别走了,几分钟也累。"拗不过他,也不想说出那个伤他自尊的理由,我不再说话,捂着脸,坐上了他的摩托车。但车子还没开到校门口,我便要求下车。奇哥还是不听,开着摩托车径直把我送到了教学楼的课室门前,他说:"你看,这段路也很长呢,走过去很累的。"我向他翻了个白眼,迅速跳下车,头也不回地走了。

摩的佬的工作其实并不轻松,遇上刮风下雨或者运气不好的时候,一天也挣不了几个钱。有时忙了一天两手空空,回家看见小小的我们,饭没吃,水没喝,满身污泥地躺在沙发上睡着了,脸上全是密密麻麻的蚊子,奇哥也会感到难过。他很努力地工作,希望改善我们的生活,但世事并不如愿。

有一次,他还遇上了一个不给钱的客人。那客人要到一个偏远的村庄，奇哥要价5元，那人爽快答应了，上了车。没想到到达目的地后，那人不给钱，下了车就要走，奇哥拦住他，"老板你还没给钱呢。"那人听后，瞪了奇哥一眼，然后从地上捡起一块大石头，朝奇哥的摩托车油箱盖狠狠砸了下去，油箱顿时凹进去了一大块。奇哥被这突如其来的举动惊呆了，他不再说话，看着那人凶神恶煞的样子，让他走了。回到家后奇哥想去报警，但一想，又没有监控，要找他犹如大海捞针，希望很渺茫。"那就算了吧，怨自己倒霉，"奇哥说。本以为事情就这么结束了，但让人意想不到的事情竟然发生了。两天后，奇哥在新村里碰见了那个砸车的恶人。当他低着头向奇哥面对面走过来时，奇哥一眼就认出了他。这下好了，踏破铁鞋无觅处，得来全不费工夫。奇哥悄悄跟在他后面，确认他走进了邻居的小卖部后，立马去报了警。警察过来抓人时，那人还一愣一愣的，不知道为的哪桩事。后来警察告诉奇哥，那人其实是黑社会分子，已经被抓过几次了。"你人没事就算走大运了。"警察说。奇哥听出了一身冷汗。

奇哥的摩托车跟着奇哥风里来雨里去，历尽沧桑。两年多时间，它被赌博欠钱、走投无路的亲戚骗走过，也被开着小汽车的有钱人撞坏过，但看起来仍旧很新。奇哥爱惜他的摩托车，就像爱惜他的音响设备，每天载客回来，他都会把车冲洗干净，往齿轮里抹点机油，再仔细检查一遍，然后用一块布把车身盖起来，才肯放心上楼睡觉。

计厂叔就是这个时候和奇哥成为朋友的。那天奇哥出去搭客，很晚都没回家，阿妈在家里急得团团转。那个年代，没有移动电话，BB机也没流行，能用上固定电话的人家也是少之又少，沟通是很不方便的。阿妈在家左等右等也没有等到奇哥的消息，更不见人回来，于是她背着阿弟出去找人。她在牛圩转了一圈，也没问到任何消息。夜幕降临，天渐渐黑了起来，摩的佬们一个接一个离开，回家吃饭去了。这个时候，计厂叔出现了。在牛圩一带，计厂叔是出了名的勤快人，他几乎每天都是最早出来，最晚回去。他对阿妈说："我看见阿奇载着一位客人去了外市，好像要两百多公里，估计明天才能回来了。你别急，回去等他吧，明天我如果看见他，就帮你告诉他你找他来了。"听到计厂叔这么说，阿妈悬着的心才稍稍放松了下来。

第二天，烈日当头的时候，奇哥终于风尘仆仆地回来了。他一进门便把夜里载客挣来的160元交给了阿妈，160元，相当于过去工作的单位两个月的工资。阿妈接过那些钱，心里五味杂陈，流下了眼泪。"以后咱还是别去搭客了，赚少点没关系，安全最重要。"阿妈对奇哥说。

寒来暑往，草长莺飞，日子一天天过去，奇哥不做摩的佬以后，计厂叔还是常常到我们家里来。节日里，他会把自家养的鸡、鸭、鹅，种的芋头、青菜送给我们。他惦记着这位艰难时期遇见的朋友，宁愿省下自己的口粮，也要体面地对待朋友。乡下人的淳朴感动了阿爸阿妈，让他们在那段穷苦的日子里感受到了来自友情的温暖，这份友情胜似亲情。

转眼，我上中学了，奇哥想让我读技校，好早点出来工作，但因为某种原因没有成功。后来，省粤剧团过来招考，奇哥又帮我报了名，但校长的一番劝说，让他打消了这个念头。而后，我幸运地考上了大学，完成了四年的本科学业。

"冥冥中总有一股神奇力量帮着我们排除万难。"我把我们的那段人生经历总结为神奇之旅，和阿妈聊起来的时候，我这样说。

阿妈却笑笑："如果我们不努力，什么力量都没用。"阿妈的话听起来有些道理，天助自助者，幸运的确会眷顾那些努力、善良的人。

春夏交替的季节，小贩们会挑着扁担走街串巷叫卖他们的髻簪螺，那螺肉散发着浓浓的海水的味道，让我着迷。其实，新村周边十几千米的范围都是海，可我从没见过。父母忙于生计，没有时间、也没有钱带我们去看海。有人不信："你不是南海姑娘吗？你阿爸不是有摩托车吗？怎么可能没见过海？"

我有点不好意思："是的，所以我也不会游泳。""但这有什么，我知道海的味道。"我补充道。

海的味道，我想就是髻簪螺吸进嘴里的咸咸的味道吧。有一天，阿爸一定会开着摩托车，带着我们去看海的，我坚信这一点。

阿妈

有一个夜晚，电闪雷鸣，大雨滂沱，一对刚刚结为夫妻的新婚男女被雨困在县城的宿舍里。10个月后，我出生了，我出生的那年，阿妈刚20出头。也许你会奇怪，都已经是夫妻了，还需要雨的协助吗？是的，即便已经登记成为合法夫妻，他们还是手都没有牵过。阿妈在乡下，阿爸在城里，他们的恋爱从书信开始，也是因书信而情定终身的。直到有了我，阿妈才开始意识到她的人生从此被困住了。一个在20世纪70年代初就在乡下完成高中学业，年年当班长、当学校团支书，写得一手好字，还当过中学女生篮球队队长的倔强女青年，因为几封情书嫁给了一个只见过几次面的男青年，然后又因为一场雨，从一个自由自在、无忧无虑的人，变成了一个肩负养儿育女的责任与使命的辛劳的母亲，很显然，她是不甘心的。

阿妈是经人介绍认识阿爸的，那天，阿爸穿着一件白衬衫，彬彬有礼，阿妈对他的第一印象非常好，他们一见钟情。阿妈说："你阿爸是个城里人，个子高，干干净净的，那天的谈吐也很得体。"她决定和他交往。然后，就像那个年代的大多数人的恋爱方式一样，写信，互诉衷肠，确定关系，登记结婚，一切顺理成章，合情合理。可是，当阿妈跟着阿爸回家见完家长后，她却退缩了。那天，他们欢天喜地地回去，却见到了拿着扫帚在门口扫地的阿婆，阿婆见到阿妈，问了她一个问题，"姑娘有没有城里户口？"阿妈愣住了，自己是乡下人，哪儿来什么城里户口。阿妈没回答。阿婆似乎从阿妈的反应里找到了答案，她的表情瞬间变得不悦，她举起手中的扫帚，疯狂清扫地面的垃圾，那扬起来的灰尘沾了阿妈一身。没有城里户口，你还是回乡下去吧，我们城里不欢迎你，至少我们家不欢迎你，这是阿婆无言的回答。

阿妈走了，阿爸却和阿婆大吵了一架，他那非她不娶的架势着实让阿婆吓了一跳。不久，阿婆便默许了。阿妈终于实现了她的梦想，嫁给了阿爸，嫁入了城里。只是从此以后，那个和阿爸吵架的女人，从阿婆变成了阿妈。

阿妈说，女人的事业是找个成功的男人，而男人的事业是让女人的事业成功，说白了，就是男人必须成功。阿妈以这个标准衡量女人的幸福与否，这给了阿爸很大动力，为了让阿妈幸福，阿爸很努力地工作。但也只努力了一年，他就泄气了。我的到来，让他们明白了爱情和婚姻终究是两回事。有了孩子的生活，常常一地鸡毛。阿妈泪湿枕巾，夜夜哭到天明。她不想屈服于现实，她的内心始终燃烧着一把火，但理想与现实总是相隔很遥远。在这样的纠结与矛盾中，阿妈把火都发泄在了我身上："如果不是你，我就离开这个家了，再也不回来！"

我因此常常挨打。考试没考好，被阿妈打一顿；同学给我写了一张字条，被阿妈打一顿；不小心摔破膝盖，流血了，被阿妈打一顿；洗完澡后又跑去玩，玩出一身汗，还是被阿妈打一顿。总之，无时无刻，没有任何征兆，我就会莫名其妙地被阿妈打一顿。打着打着，我也就习惯了。阿妈每次打我，都不许我哭，所以每当我见到她拿起竹篾走过来时，都会很自觉地把嘴巴捂上，然后做好充分的心理准备，以迎接那顿恐怖的毒打。

阿妈说，她努力过，努力靠近阿公、阿婆，尽心尽力对他们好，但还是没有得到他们的认可。"乡下人永远是乡下人，是不能够和城里人相提并论的。"阿妈说。后来，阿妈脸上的笑容越来越少，到最后常常是面无表情。她每天早早就出门，等到天上的星星都出来了，才会回家。在我童年的记忆里，阿妈留给我的印象很模糊，我只记得一个女人，苍白的皮肤里包裹着尖锐又脆弱的骨头，像是要从她的身体里顶出来。她走路时，那些骨头会发出"嘎嘎"的响声，让我总生出一种担忧，会不会哪天她就死了。

二婶是个强势的女人,从我记事起,阿妈和她的关系一直不大好,我常常听到阿妈向阿爸抱怨道:"阳台上的衣服全是尿骚味儿,准是她又从楼上泼尿了。"

阿爸听完便去向阿婆投诉,没想到却被阿婆数落了一顿:"就你们喜欢惹事,人家才不会这么做。"

阿婆是偏爱二叔一家的,这个我知道,但我不知道阿婆会偏爱他们到不讲理的地步。"也正常,"阿妈说,"谁让你爸从小就是最不被喜欢的那一个。"阿妈嘴里说着正常,但心里仍旧是不服气的,即便不是二婶所为,作为大家长的阿公和阿婆,从中调和一下儿子媳妇之间的关系也是可以的,但阿婆没有这么做,她总是一副事不关己的态度。阿妈找不到人理论,便又找阿爸抱怨,次数多了以后,阿爸也开始变得不耐烦。"你跟我抱怨也没用啊,我也拿他们没办法。"然后,阿爸和阿妈便会因此又吵一架。

有一次,阿妈和二婶不知怎么打了起来,瘦小的阿妈被二婶拽着头发,从二楼拖到了三楼,阿妈极力反抗,却无济于事。生完孩子后,她的身体日渐消瘦,和当年那个生龙活虎,神采奕奕的年轻姑娘判若两人。她输了,多年前的那个班长兼篮球队长输了。阿妈很愤怒,也很伤心,回到房间就哭了。她说，她是从那天开始，下定决心要带着我们搬离新村，搬离那个家的。阿妈的决心化作了动力，她开始非常努力地工作，并和阿爸一起攒钱。终于买了地，在别处建了房子。但让她想不到的是，在我们搬走之前，二婶一家已经先她一步，搬走了。并且有意思的是，他们搬过去的家，就在我们的新家不远处。而更让她想不到的是，在那个新家里，她和阿爸吵架的次数比她在新村里和其他人吵架的次数加起来的总和还要多。"老天真是会开玩笑"，阿妈叹气说道。其实，阿妈没明白，我们不可能改变别人，更不可能改变周围的环境，我们唯一能改变的，只有自己。从这个角度看，我们应该做的，是从自己身上找原因，然后改变它，才有可能改变环绕在自己身上糟糕的种种。

一转眼，冬天来了，呼呼的北风带着冰冷的雨水降临了这座小城。温度骤降，大人和小孩都没有了洗澡的勇气。我随便用条干毛巾擦了擦脸就上床睡觉了。其实，整个冬天，我不仅没有洗过澡，连牙也没有好好刷过。清晨时分，玻璃窗上蒙上了一层薄薄的冰霜，我挣扎着从被窝里爬了起来，望着冰冷的牙缸和牙刷发呆。许久，还是一动不动。实在没有勇气伸出手，拿起它，挤上牙膏。更没有勇气往牙缸里舀入冰冷的水，喝进温暖的嘴巴。

阿妈对于刷牙这件事是非常严厉的，有几次我因为没刷牙被她发现,因此挨了打。阿妈是在我的牙刷上发现蛛丝马迹的,她等我上学以后跑去检查牙刷。她甩了甩它,又用手摸摸上面的毛,心里就有了答案。她问我,"你刷牙了?""刷了呀。"我回答。"那为什么牙刷是干的?""被风吹干了吧?"我有些胆怯,回答的时候声音很小。"你确定刷了吗?"阿妈又问,似乎是在给我最后招认的机会。我没有说实话。她不再说话,拿起竹条,开始了她那一系列习惯动作。她一边打我一边说,"我吃的盐比你吃的米多,敢在我面前撒谎。"我因此知道了阿妈找到答案的原因,也学聪明了。再不想刷牙时,我会把那只干冷的牙刷放进水里泡一会儿,再放回原位。你不是因为牙刷干才知道我没刷牙吗?现在好啦,你不可能再发现了吧?!结果是,第二天,我又被打了一顿。"一点牙膏味都没有,你敢说你刷了牙?"哎,我真不是阿妈的对手,她太聪明了,而我这点小聪明在她面前简直是小巫见大巫。用阿妈的话来讲,我的翅膀还没长硬呢!还能怎样?再冷也得刷牙呗。这该死的寒冷,这该死的冬天!

  天气暖和一些的时候,人们会把厚厚的棉服脱下来,换几件干净的衣裳。那棉服已经被泥屑沾满,硬邦邦的,脱下来时整个保持了上身的形状。我也趁着大好的阳光,在阳台的洗漱间里给自己倒了盆热水,准备好好洗个澡。阿妈担心我自己洗不干净,又把四姨叫了过来,她对四姨说:"给她使劲儿搓搓,特别留意那些平时裸露的又不容易洗到的部位。"四姨答应着，拿起毛巾，沾了水，开始帮我搓澡。她只轻轻在我脖子上搓了一下，一粒粒泥巴就掉下来了。四姨说："真的很多泥，你看，这边更多。"那瞬间，我感觉自己像是一个掉进泥潭里的泥人。

南方的冬天总是阴阴沉沉的，有时候还会下点冷雨，北风从那三面透风的阳台上呼啸而过，吹得木板咯吱作响。人站在上面是需要勇气的，更别说脱光衣服在那里一边接受寒风的洗礼，一边洗澡。所以遇上难得的阳光，阿妈就要在阳台上各种忙碌，晒被子，洗衣服，洗鞋子。一切需要依靠阳光来完成的工作，都会在那天完成。

对于洗澡这件事，没有人比阿妈更勇敢，也没有人比她更认真。阿妈几乎每天都洗澡。她说："别看我是农村出来的，你们城里很多人都没我干净。"她确实很干净，也把家里弄得整整齐齐的，她说她见不得脏兮兮的东西。我趁着阳光，终于把澡洗完了，阿妈见我干净了一些，原先脸上嫌弃的表情也放轻松了些许。她对我说："你终于又变回白白净净的小姑娘啦。"

转眼春天来了，空气潮湿起来，虱子、跳蚤也越来越多。这个季节，病菌是最容易入侵人体内的，新村许多人因此得了血风疮。那些可恶的病菌在人们的屁股上、脸上，制造了大大小小的肿块。它们圆鼓鼓的，一碰就刺痛。新村人发起了一场抵御血风疮大战，只要听说有有效的药方子，家家户户就会在自家人身上试验一番。我的屁股上也长了两个，阿婆从丹妹阿妈那儿得知，天星草煮猪油能治血风疮，就立马让阿妈去采摘。

阿妈带着我从新村一路往外走。近一点的草地上，天星草要么已经枯萎，要么只剩破破烂烂的一片两片，它们已经被采摘过了，那泥地上还有许多刚刚被人踩过的痕迹。我也帮忙仔细搜寻着，争取不放过任何一个有可能长天星草的地方。忽然，我在一片荒草地上，看见了几棵天星草。走近一看，竟发现那后面还有一大片。它们翠绿的叶子在阳光的照映下闪闪发光，就像是天上繁星点点。我激动得大叫："阿妈快来，我找到天星草啦！"阿妈闻讯赶紧跑了过来，也被眼前的景象震撼，她瞪大了双眼喊道："快，快摘！"然后蹲下身，麻利地从地里把它们一片片扯了下来，那股兴奋的劲儿，让人误以为她采到的不是天星草而是金子，不一会儿，我们就采了大半篮。

按照方子，阿婆把我们摘回来的天星草拌了猪油煮了，在上面撒了点盐，便开始涂抹在我的屁股上。那混着滚烫猪油的天星草的奇怪的味道一阵阵向我袭来，让我胃里的食物开始翻滚，差点没吐出来。那段时间，新村的空气里都是这股油腻的怪异味道，我的胃口因此差了很长一段时间……后来，我一有空就会去摘天星草，有时能摘一捧，有时只摘到几片，我会把它们带回家，交给阿婆，由她来制作治疗血风疮的猪油方子。再后来，我屁股上的脓血慢慢散了，最后一点也被挤了出来，血风疮便彻底好了。当我再出门时，我能看到许多天星草，因为没人采摘，它们在地里、在路旁越长越多。有时，我甚至在人家的门缝里也能发现天星草，它们一撮撮一片片，泛滥生长。我还是有那种心瘾，一见着它们，像见着黄金一般，想把它们摘下来，带回家。但一想到病已经好了，就放弃了。渐渐地，我也就不再注意它们了。

自从和我吵架，咬了我手臂一口，月环三姐妹就很少出来了。她们一整个冬天都躲在那间黑黑的木屋里，他们的阿爸阿妈也很少出来。我记得他们一家人的皮肤都是蜡黄蜡黄的，笑起来牙齿灰灰的，有点像外星人。新村人说，他们的阿爸得过肺痨，所以总咳嗽。还说他们的阿妈跟过别的男人跑了几次，又回来了。我不知道他们说的是不是真的，但新村人有点嫌弃他们却是真的。有段时间，新村里许多人都染上了头虱。我和月环在一起玩了一个下午之后，回家也开始感觉头皮痒。丹妹的阿妈就对我阿妈说："我家丹妹也被月环传染了，他们一家都长满了头虱，你别再让孩子跟他们玩了。"

阿妈见状，又立即安排四姨给我洗头，她还拿出一把密密的梳子交给四姨,要她帮我抓头虱。我看见四姨在我头上一下下地划动着,接着在那把密密的梳子上仔细地搜寻头虱。"看,这虱子遇见水就不会动了,个个都吃得很饱呢。"四姨找到了它们,她小心地把它们从梳子上抠下来,又将它们放在指甲盖中间。然后,四姨把两个指甲盖对准,用力一按,只听见"啪"的一声,血就溅了出来。那是我第一次看见头虱,它们小小的,像一粒粒芝麻,趴在梳子上一动不动,不认真看根本发现不了。

后来,阿妈每天都会让我洗头,痒的时候一天还要我洗几次。几天后,我的头皮就不痒了。只是从那以后,大伙儿便很少再和月环姐妹玩,她们就更少出门了。

潮湿的天气过去,温度逐渐升高,虫子变少了,我的胃口也好了起来,有时一顿能吃下四五两米饭,个子也因此长高了不少。旧时的衣服穿在身上明显小了,阿妈就买了几米"的确良"回来,她要给我做两件衣裳。阿妈做衣裳的手艺是人人称赞的。因为生了阿弟,违反了计划生育政策,阿妈在果蔬公司的工作也没有了,她便在新村村口的一家制衣厂找了一份缝纫女工的工作。阿妈只在厂里看了两天,便学会了缝纫,很快就成了制衣厂里手艺最好、干活最快的缝纫女工。领工资时,工友们纷纷羡慕:"你真能干,谁娶了你真幸福。"工友们喜欢阿妈，不仅因为她能干，也因为她喜欢讲笑话。只要有她在，制衣厂里总是欢声笑语的。阿妈把欢笑给了工友，却把忧伤留给了我们。

香港的舅公、舅婆也给家里寄了不少旧衣服回来，分给我和阿弟也有一些。有一件蓝白相间的衣服和一条粉红色的裤子我很喜欢，时常吵着要穿，阿妈却把它们藏在柜子里，说要等过春节添岁时才能给我穿上。阿妈很节俭，很少给我们买衣服，所以大多数时候我都是穿着学校发的两套校服。只有遇上比赛时，阿妈才会大方地为我添置一两件新衣。记得有一次我要去市里参加独唱比赛，阿妈给我买了一条红裙子。付款时，我看见她把攥在手里的钱一张张扯出来数给老板，很是心疼。那些钱被她抓得紧紧的，皱成一团，沾满了手心的汗水，那是她将近一个月的工资。

等我上到小学三年级时，阿弟也差不多3岁了。阿妈疼爱阿弟，每天都会使出浑身解数喂他吃饭。为了不让阿弟到处乱跑，阿妈会把阿弟放进洗衣筒里，一边拧着洗衣机旋转按钮，一边往他嘴里塞饭，嘴里还跟着发出"嘀嘀嘀"的声响。阿弟越长越胖，圆滚滚的很是可爱。有一天，我把阿弟抱下楼，刚下一个台阶就滑倒了，屁股坐在了尖尖的台阶上，我下意识地抱紧了阿弟，一直从二楼滑到了一楼。阿弟大哭，阿妈也被吓得脸色发青,她急忙冲了过来,一把抱起了坐在我怀里的阿弟,大家也跟着冲了过来,围着阿弟安抚,没人注意到摔伤的我。等我想站起来时,却感觉自己整个下身动弹不得。

而后一个多月的时间里,我连走路都困难。有时,我看到小伙伴们在跳橡皮筋,也蠢蠢欲动,想跟他们一起跳。但只一抬脚,便放弃了,那脊椎骨断裂一般的疼痛,扎进我的心里,让我直飙眼泪。

那一个月,是阿妈推着自行车载我去上学的。新村离学校很近,穿过一条小巷,走完南门街就到了。但短短的路途在我心里却像走了很远很远。我从未如此真切地贴近过阿妈,也从未试过如此长时间地和她待在一起,那一段路,短暂而又漫长。

阿妈板着脸,没有说话,她推着自行车一直往前走。我坐在后面,微笑地看着她,感觉很满足。

太阳升起,安静的南门街重新热闹了起来,街上人来人往,川流不息。新的一天到来,小贩们又开始了忙碌的工作,他们脸上洋溢着幸福的笑容。我知道,那些笑容里充满了他们对未来生活的无限憧憬和希望。只是,不知他们是否知道,那一刻,坐在阿妈自行车后座的我,才是这个世界上最幸福的人。

"公厕"小传

秋天来了，村口的大红花凋谢了，花瓣掉落一地。秋风吹过，土地干涸，裂开一条条缝隙。蚂蚁在地上爬来爬去，忙着为过冬积攒食物。清爽的秋，孩子们跑起来不出汗，好像也不用怎么费劲似的，跑着跑着，像要飞起来。晚饭过后，我把丹妹和凤兰叫到身边："走，一起上公厕。"

这是最好的结伴出门的理由。开学后，大人们把孩子看得很紧，晚饭后还要他们留在家里学习、做功课。见不到小伙伴们，我的心里空落落的，便想出了这个办法——结伴上厕所，这样就能和他们玩一会儿了。

八九十年代的新村，没有单门独户的厕所，大便得去公厕，小便或者偶尔遇上拉稀没忍住时，也可以在家里用痰罐或尿桶解决。对大人们而言，在家里用痰罐大便实在有点难为情，所以基本上他们能坚持走到公厕的，绝不留在家里解决。孩子们大点的时候，也是被这样要求的。

新村周围的公厕原本有 3 个，岗列附近两个，南门街口一个。后来，岗列木结构的一个坍塌了，就只剩两个公厕。两个厕所离我们家都有5分钟的路程。

公厕是上下两层混凝土结构的房子，解手的地方在二楼，一楼是架空层，方便工人进来清扫厕所。可能为了节省材料，又或者是当时的建筑技术原因，隔着男女厕所的墙没有砌到屋顶，这样一来，男女厕所里面的声音就能相互听得一清二楚。有时遇上停电，黑灯瞎火的，人们不小心进错了门也是有可能的。但好像也不碍事，上完各自回家，并不觉得有什么出奇。

一楼被架空的地方是用来装排泄物的，那玩意儿堆满以后，就会有人过来清理。工人们会戴上帽子和口罩，还会穿着水鞋在那里面活动。从二楼茅坑往下看，你能看见他们拿着耙子，熟练地把地上的排泄物刮成一堆，然后装进桶里。据大人们说，那一桶桶的玩意儿还能卖钱，卖给给农民当肥料。

不仔细瞧，你是不会看见那一条条蛆虫的，它们在湿漉漉的地板上爬来爬去，直到钻进污水或排泄物里方才安静下来。一般也不会有人有兴致观察这个，除非是还不晓得脏的含义的孩子们。

解手站着的那两块木板很薄，距离地面有将近一层楼的距离，底下又脏又臭，人站在上面是会生出恐惧感的，总担心自己会掉下去。这样想着，脚底便开始发软，越发软越觉得恐惧，像是那两块木板随时会坍塌似的。于是不管尽没尽兴，都会提起裤子,溜之大吉。

其实,这种担心也不是凭空想象,新村有人应验过,那个人就是三妹的阿婆通嫂。通嫂是新村里体重排第二的村民,她和烧鹅权的老婆加起来,能顶四五个新村人的重量。她把这个特点遗传给了她的孩子们,于是她的孩子们也个个牛高马大,非常壮实。这成了通嫂最大的底气,在新村,有谁孩子比我多,有谁的孩子比我的孩子壮实?她这样想着,走起路来就特别自信了,连那条瘸腿走起来都比人起劲,比人快。

那天,通嫂像往常一样一瘸一拐地走路去公厕,她一只脚刚跨上木板架,木板就发出"咯吱"的声响。"总不会这么倒霉吧?我通嫂天不怕地不怕,还怕从这儿掉下去?"通嫂稍微犹豫了一下,但平日里积攒的自信还是使她勇敢地把另一只脚也放了上去。一瞬间,将近 200 斤的重量完全压在了脆裂的木板上。木板发出了更大的声响,随之而来的,是衔接处断裂,接着,站在上面的通嫂也从二楼咣当一声掉到了一楼,她重重地砸在了厚厚的粪堆里。通嫂挣扎着,大叫着,试图爬起来,但都失败了。后来多亏了几个路过的好心人,他们叫来了通伯,一起合力,费了九牛二虎之力才把她从里面抬了出来。

通嫂是不幸的,那玩意儿实在太臭,自己浑身上下全被包裹。通嫂也是幸运的,幸好那玩意儿够多,发挥了减震的功能,才免除了她哪处骨头被砸折的风险。回家以后，通嫂几天都吃不下饭，体重也跟着减轻了一些。她的底气也因此减弱了一些，走起路来便没那么自信了。以后，她再去公厕便更加小心了。

来回公厕一趟路程很短，孩子们会利用这段"公厕之旅"集结在一起玩很久。大人们有时也会心生怀疑："到底干吗去了？这么久。"这时，大伙儿便会集体撒谎："那谁谁谁酝酿了很久。"也就蒙混过关了。

那一段路程，我们做过许多淘气的事情：用手纸沾水，砸在别人家的窗户上，直到密密麻麻把人家的窗玻璃糊满；捡石子扔到人家厨房的锅里，被大人追赶；按有钱人家的门铃，假装是访客……孩子旺盛的精力和体力，都在那短短的路途中得到了发泄。

再后来，人们的生活逐渐好起来，有条件的家庭便在家里建了独立厕所，公厕就很少人再去了。到了20世纪90年代初，两个公厕全部被拆除，它们完成了自身使命后，在滚滚的浪潮中退出了历史舞台。

一、达记和咪咪

达记是一条狗,它的名字是阿爸给取的,阿爸想发达,于是把他的愿望寄托在了一条狗的名字上。

自从达记被阿妈卖到了狗肉店后,我有近一年时间没有和阿妈说过一句话。那年我正在上大学,阿弟突然打电话给我,说达记被五舅用摩托车拉走了。他跟我描述了它离开时的场景:眼神非常无助,被关在狗笼里,不停地哼哼唧唧,似乎在恳求人们把它留下。没有得到任何回应,它还是被摩托车带走了。

阿弟打电话给我,是希望借助我的力量救回它,但我接到电话时,它已经被带走了。事实上,我和阿弟加起来的力量也不可能把达记留下,因为阿弟只是一个初中生,而我虽然已经上大学,却身在异乡。更何况,我们都还需要父母的供养,是决计没有能力违抗父母旨意的。

愤怒让我失去理智,电话那头,我语无伦次地哭喊着,阿爸和阿妈却颠三倒四地对我编造了一堆故事，他们说达记被送去了果园，又说它在村口被人买去看家护院去了，等到我追问下去，他们的故事又变成了别的版本。那样漏洞百出的谎言一击即破，经不起一点推敲，但他们却默契地守住那个秘密，不肯松口。

我最后从四姨那里得知真相，达记被拉去了狗肉店。

那一刻，我的脑袋嗡嗡作响，眼泪不由自主地往下流。阿爸听出了我的撕心裂肺，心软了，转而责怪起阿妈来。"叫你不要卖，你不听！"阿妈听后无动于衷，没有回应，但还是跟阿爸一起去了那间狗肉店。遗憾的是，店家告诉他们，狗刚被杀了。

我的脑海里不断浮现出那可怕的画面，那个可怜的小伙伴，被冰冷的铁夹子狠狠地箍住脖子，然后被活活打死了。

一颗心到底要多冷漠才会把日夜相处的伙伴送上绝路？我不能理解阿妈的行为，和她之间的隔阂更深了，而她始终也不认为自己做错了什么，还是一副高高在上的样子。

不知是否真的有过忏悔，阿妈后来竟自己买了一只小黄狗回来，还养了它7年。前前后后，家里来过的狗也不少，有两只是流浪狗，是我们从路上捡回来的。还有两只是京巴，在我家住了一段时间又不见了。当年我们还住在新村时，阿爸也买回来过一只小狗，是一只中华田园犬，俗称土狗。可是才养了一个月,就得了细小病毒,不愿进食,还腹泻死了。那年我11岁,人生中第一次体会到与自己亲近的小伙伴分离的痛苦。看着那个可怜的小家伙与病魔搏斗的躯体日渐消瘦,却不能为它做点什么,我的心里十分难过,针扎似的疼。它走后,我很长一段时间没有勇气再上楼顶,其实,也没必要再上去,看到它生活过的地方,只会徒增伤感。

阿妈给那只买来的小黄狗取名咪咪。它是个聪明的小姑娘。

阿弟每天会走路去上学,小家伙会远远跟着。阿弟发现了它,聪明的家伙立马转移视线,一会儿看看天,一会儿四处张望,一副什么也没发生的样子,就是不敢和阿弟对望。它的心里自然清楚,自己做的事主人是不允许的,但它依然这么做,仅仅因为它觉得好玩。阿弟又好气又好笑,拿起石头赶它。小家伙灵活地跳起来躲避,接着像是领悟了主人的意图似的,乖乖地调头回家。不调头也确实不行,阿弟会继续朝它扔石子,小家伙知道。

看见咪咪终于朝家的方向走去,阿弟才安心继续赶路。可没走几步,似乎觉得又有什么东西跟在身后。他转过身,远远就看到那个黄毛"丫头"从电线杆后面探出小脑袋来,这回还知道找遮挡物了,哎,真拿它没办法。

我离开家乡的时候，咪咪还是一个小不点。等到我假期回来，它已经长成了一只成年狗，棕黄色的毛发多且密，看起来健康又结实。我才走到巷子口，就看见它摇着长长的尾巴向我飞奔过来，一年不见，它竟然还能认得出我，激动地在我身边蹦蹦跳跳，时而扒拉我的行李，时而扒拉我的衣服，差点没把我扑倒。这样热烈的欢迎仪式瞬间让人有种荣归故里的感觉，事实上，我连学成归来的境地都还没有达到。我蹲下身，抚摸着它的小脑袋，它也配合着我的举动，闭上了双眼，任由我安抚，还不时伸出舌头温柔地舔舐我的双手。

那个假期，只要我在家，咪咪几乎每天都跟着我，连睡觉都守在我的房门口，生怕我哪天突然又不见了。假期结束，我即将再次踏上求学之路。不知是不是有所感应，那天，咪咪一直围着我寸步不离。没有办法，我只好让阿妈抱着它，自己强忍着泪水，摸了摸它的小脑袋，转身离开了。身后，那只狗一边挣扎一边呜咽着，那呜呜的哭声跟着我走了好远好远。

没有了酒楼的财会工作，阿妈在阿弟的学校旁开了一间奶茶店。每到下课时间，会有许多学生过来帮衬生意，有时阿弟也会带他的同学过去买奶茶。

有一个叫金菊的小姑娘也常常过去。她留个齐肩的短发，看起来十来岁的年纪，但她说起话来却条理清晰、滔滔不绝，跟她的年龄完全不相仿。有时阿妈会被她逗笑，免了她那顿奶茶钱。

后来我们注意到，上课时间到了，她也不回学校，且从不穿校服，身上的衣服、脸上也总是脏兮兮的。阿妈没忍住问了她原因，才知道，原来这姑娘早就辍学了，家里常年只有她和两个弟弟与奶奶相依为命。没有收入，一家吃穿捉襟见肘，上学几乎是不可能的事。她求阿妈让她在店里待着，如果可以，给她口饭吃。阿妈一开始没同意，后来变成了不明确反对，于是她就常来。又过了一段时间，她向阿妈提出了另一个请求，请求阿妈带她回家住几天。她说家里人都外出了，没有钥匙她回不去。出于善心，也怕晚上待在外面不安全，阿妈勉强同意了。

她来到了我的家，在我对面的房间住了一晚。那天夜里，原本守在我门口的咪咪却一直蹲守在她的房门口，怎么叫也不肯离开，还时不时发出低沉的充满着警告意味的吼叫。咪咪从不这样，今天到底怎么了呢？我不禁感到疑惑，难道它就这么不欢迎金菊吗？她只是一个可怜的小姑娘。

为了让大家安静睡觉，也为了不让初来乍到的小姑娘因为一只狗而感到陌生和恐惧，我狠狠地批评了咪咪一顿，并警告它不许再吼叫。咪咪满肚子委屈地望着我，一副可怜兮兮的样子,像是有话说,又说不出来。

它终于安静了,但依旧警惕地守在金菊休息的房间门口。

那天以后,阿爸阿妈有了些许异样的感觉,总觉得哪里不对劲。比如他们会觉得"抽屉里的钱好像少了",再比如"奶茶店收的账款总也对不上数"。他们想来想去终不得解,便怀疑起自己来,"可能是咱们记性不好,记错了",却自始至终未怀疑过这会和金菊有关。

一切都似正常,却又处处不正常。在这期间,咪咪时不时会在傍晚或者夜里时分突然冲着大门口或窗户吼叫,等我们闻讯过去察看时,却又没看见外面有人。

直到有一天,阿弟为这异常的现象找到了答案。

那是一个暑期的周末,阿弟独自一人在房间看书,阿爸阿妈从早到晚忙着他们的奶茶店,很少时间在家,咪咪在外撒野没有回来。忽然,他听到顶楼有人砸铁门,那声音震耳欲聋,像是快要把铁门砸穿一样。"有贼!"阿弟第一时间想到了进门盗窃的小偷。"这贼也太猖狂了吧,光天化日之下竟敢硬闯民宅?"阿弟放下书,悄悄地下了楼。他把大门口的锁紧紧锁住后,一口气跑到了奶茶店,把阿爸阿妈叫了回来。

"就在上面!"阿弟指了指楼顶,气喘吁吁地说。

"我已经锁紧了大门,他插翼难逃。"阿弟补充道。

他们守住了大门，并报了警。

警察来了，经过一轮仔细搜查，却没有发现屋子里有任何异样：大门按原样紧锁，屋内的摆设没有丝毫变化，连楼顶的门锁也完好无损。哪儿来的贼？！警察们怀疑起阿弟来。

"你会不会听错了？"警察问阿弟。

"绝对不会！"阿弟肯定地回答。

"那么大的声响我怎么可能听错？"阿弟说。

阿爸阿妈没有说话，他们其实也不敢肯定阿弟说的话的真实性，甚至猜想阿弟可能出现了幻觉，因为不久前，阿弟也"谎报过类似的军情"。

那天晚上，阿弟又是一个人在客厅看电视。为了节约电，家里的客厅一般只开一个小小的灯泡。暗夜里，阿弟的余光突然瞥见了一条腿，那腿刚伸进客厅又立马缩了回去，像是刚想进来却撞见客厅有人而被吓得缩了回去似的。

那分明是一条人腿啊，阿弟吓得直冒冷汗，身体止不住地哆嗦。他想都没想立马起身，悄悄贴着墙壁快步下了楼。他安全地逃到了大门口，长长地呼了一口气，这才哆嗦着把大门锁上，还拧了几圈暗锁。

他把阿爸阿妈找了回来，一到家就第一时间打开了全屋的电灯。阿爸还拿着手电筒里里外外、仔仔细细搜查了一遍，连

第二部 闪亮的日子 | 231

床底、衣柜等可能会藏人的地方也检查了，却什么也没发现。

"大门口上了锁，没有人能进来，除非他会飞檐走壁，从楼顶下来。"阿爸说。

"但这世上哪里有人会飞檐走壁呢，会不会是你眼花？"阿妈接着说。

阿妈心里其实已经往天地鬼神那方面去猜测了。

"用不用找个师父过来看看？"阿妈偷偷对阿爸说。

"但我真的看见了一条人腿。"阿弟肯定地望着他们，但找不到证据，他的话显得苍白而无力。

事情原以为就这样过去，直到砸铁门事件再次出现。和那天一样，找不到答案，警察准备结束任务，收队回局。

就在他们快走到巷子口的时候，阿爸突然发现了什么，他指着楼顶大喊："人在这儿，找到啦！"

警察们循声纷纷跑去看个究竟。这时，他们才看清楚在二楼高的位置，有一个小男孩儿，正张开双手，两只脚紧紧架在楼与楼之间的两堵墙壁上。他就像电影里的蜘蛛侠一样，徒手架在空中。这一场面让警察都吓呆了，万一不小心踩空掉下来，人可就没了。大家赶紧向他喊话，劝他下来，但那男孩却跟没听见似的，踩在半空一动不动。警察们小心翼翼好言劝说无果，也着急了起来。一筹莫展之际，许是体力不支，那男孩儿终于答应下来。他熟练地利用着脚与墙壁之间的摩擦一步步往下踩，两只手还配合着扶在墙壁上，动作看起来十分轻盈，不一会儿工夫就下到了地面。

他向警察交代了以往所有作案经历。他是金菊的弟弟有时，金菊会掩护他，趁放学时段孩子们一窝蜂过来买奶茶的间隙，叫他偷抽屉里的钱，有时，金菊会在巷子口给他把风，叫他爬上我家楼顶，从那儿进屋偷钱。更多时候，金菊可以不费吹灰之力，只需要编造谎言，留在店里或者去到我家，就能完成偷窃。

那些终日不得解的谜团终于被解开了，没有迷信，没有童话故事，摆在人们面前的是赤裸裸的现实。一对留守儿童因为贫穷，做了许多让人匪夷所思的事情。他们最终被留在了警局，接受警察的批评教育。

其实这一切，早就被一双犀利的眼睛看在了眼里，而那个拥有智慧双眼的家伙就是咪咪。

在偷窃事件发生之时，咪咪已经不怎么回家了，它是只学习能力很强的狗，被关在屋子里忍饥挨饿的事经历过一两次后，就学聪明了，再也不傻傻地待在家里等人喂食。它知道，这个家大部分时间都是没有人的，自然它就没有吃的。只有在外面，才能填饱肚子。

第二部 闪亮的日子 | 233

它于是整日在外面闲逛，和街上的流浪狗做朋友，饿了就一起到垃圾堆里找吃的，天黑才回来。回来后它也不进家门，直接倒在家门口便呼呼大睡。在外人看来，它和流浪狗没有什么两样，只不过是一只天黑了会回去看家护院的流浪狗。

我回来的头几天，它还会回来陪我。它依旧会睡在我的房门口，守着我，就像守着一份珍贵的礼物。几天以后，它就又睡到家门口去了，怎么唤也不肯进来。我担心它，想方设法哄骗它回家。有时我会拿点食物蹲在家里吸引它进来，有时会装作过去跟它聊天，抚摸它，然后趁它不注意一把抓住它，生拉硬拽把它拽回家。我确实成功过几次，但后来这样的哄骗也没用了，还没见我人，只听见我叫它，无论睡得多熟，它都会警觉地立即起身就走。我已经黔驴技穷，实在没有新的招数可用，就只好由它去了。

但咪咪不在家，我也没怎么睡过踏实的觉。当年的小城，治安还不大好，偷盗抢劫的事情时有发生。知道狗能卖钱，一些坏人也会想方设法偷来卖。他们会挨家挨户打探，看到有人养狗就会在附近做记号，等哪家主人外出了，就过来偷或者抢，更恐怖的甚至直接给狗打一毒针，那狗当场就毙命了。

那样的环境对人来说都没什么安全感，更别说对一只头脑简单的狗，所以咪咪每天睡在门口是相当危险的。夜里，我会起身几次，站在窗户往下看，直到看到它还睡在那儿，心里才踏实。

在外撒野的日子里，咪咪的毛发越来越脏。那时道路硬化还没在城市全面铺开，来往的大货车、泥头车、汹涌而来的摩托车大军一过，卷起地下一片尘土，使得周围的一切都蒙上一层灰暗的霜，花草树木没有了生机，人和狗也灰头土脸。

咪咪每天满身尘土待在外面，和它的狗朋友玩耍、到市场或垃圾堆觅食，身上黏糊糊的。我用手摸了摸它，手掌立马被沾上了一层厚厚的泥巴。还有那浓重的味道，洗几遍都洗不掉。于是再见它冲你热情地跑来，便要赶紧躲起来，实在躲不掉，就只好伸手拍拍它的小脑袋，当是回应了它的这份热情。

春雨绵绵的季节来了，那烟尘滚滚的道路瞬间被阴雨浸润成了一条条泥泞的小道，狗狗们在那上面畅快地奔跑、打滚，那场面可想而知，几乎一个个都变成了泥浆狗。春天的雨又细又密，小气得很，不像夏天滂沱大雨那么干脆、那么大方，它们落在狗的身上就变成了加快细菌繁殖的催化剂，咪咪的身上、耳朵上因此长满了各种虱子和跳蚤，它被它们咬得浑身不舒服，不停地挠，有些皮肤还被挠掉了毛，直至溃烂。当然，也是能成功地挠下一些的，但那可恶的跳蚤刚从它身上掉落，转而就又跳到了人的脚上、身上，把我们也咬出了一身包。有时你会看到我们一家大小外加一只狗，集体坐着挠痒，那个画面十分滑稽。

有一种叫蜱的虫子繁殖最厉害，我用手来捉，指甲都快扯断了也没捉下来几只。于是找来一把镊子，速度立马快了起来。我的手法越来越熟练，两三个小时下来，几乎把咪咪身上的蜱虫都拔了下来。那蜱虫的嘴巴又尖又长，深深地扎进狗的皮肤里。它们有的吸饱了血，肚子胀鼓鼓的，透出鲜亮的红，有的懒洋洋地蠕动着它们的爪子。我只需用两个指甲在上面轻轻一按，蜱虫那鲜红的肚子就能爆出一坨血来。它们是刚生出来的蜱虫，沿着咪咪最嫩的皮肤，比如耳朵尖，由上到下整齐地排列着，塞得满满当当。

我发誓不解决这些可恶的寄生虫不罢休，一直忙到了深夜，那些被我拔出来的大大小小的蜱被放进了盛满水的容器里，密密麻麻地装了将近人半碗。原本里里外外被蜱虫填满了的狗耳朵立马敞亮起来。它又恢复了原来的生气，蹦蹦跳跳地围着我打转。

它还是不肯回家，每天在外面晃悠。某天，我们忽然发现它比以前圆润了不少，后来竟一口气生下了7只小宝宝，原来它怀孕了。

生产的那天晚上，我像往常一样过去跟它玩耍，却看见它行为不似往常。它躲在楼梯间许久也不出来,不停地喘着粗气,时而扒拉地上的纸盒,看起来很辛苦的样子。大约过了半个小时,一坨黑黑的东西掉了出来,那东西一开始躺在地上没有一丝动静,直到咪咪舔掉它身上的脏水,还用鼻子把它拱到自己怀里,小小的家伙这才哼唧着动了起来。咪咪当妈妈了!

于是,咪咪每天的生活几乎都围着它的孩子们转,也很少出门了,除非是给它们觅食。它忙碌着,找食物,喂奶,把自己累成了纸片。有时,我会看见它急急忙忙从外面跑回来,迫不及待上楼,然后从胃里吐出来一堆滑溜溜的东西给狗宝宝们,那东西像是一些鱼肠之类的腐烂的食物,发出阵阵恶臭。

不谙世事的小狗们看起来饿坏了,纷纷争抢着,很快就吃光了,它们吃完还要在妈妈的怀里蹭来蹭去,发出不满意的吼叫,像是没吃饱,还想吃。但咪咪已经累得倒下睡着了。

我在一旁看着,心疼不已。要找到那点臭烘烘的食物,咪咪应该费了不少心思,即便这样,它也舍不得吃,把它留给了它的孩子们。我想,小家伙们可能永远也不会知道,为了这点食物,它们的妈妈已经竭尽全力。

狗宝宝们长大一些,会在家里拉很多粑粑,咪咪似乎也无力清理,阿爸阿妈便计划着把它们送走。先后卖了几只,又送了几只,家里最后只剩下一只小狗。咪咪外出觅食回来,突然发现它的孩子们不见了，着急地屋里屋外寻了个遍，却始终找不到。它哭了，在孩子们生活过的楼顶呜咽了整整一夜。

我在楼下听着，心酸不已。我知道它的苦，也理解它的难过，但又不能为它做些什么，内心感觉深深的无奈。

七年以后的某个夜晚，咪咪突然不见了，只在家门口留下一摊血迹。"应该是不可能再回来了"，阿妈哭红了双眼对我说。阿妈大概知道狗消失的原因，因为第二天，她就听见隔壁那个可恶的女人，洋洋得意自言自语道，"这种季节吃狗肉最暖身。"

那个恶女人早就觊觎我家的狗了，只是阿妈不相信人性的恶可以极致到超出她的认知，或者说她总侥幸地以为，自己身边不可能出现这样的人。

从此，咪咪和它的孩子们就成了我生命中的过客，想念它时，我会看看它们留下的相片。那相片里记载着它的过往，一些关于一条狗的充满苦难的过往。

二、蓝蓝

我遇见了蓝蓝，它是真正意义上由我独自抚养和照顾的第一只狗狗，那时我已经工作了两三年，有了一点积蓄，收养一条狗不算太难。

人总是这样，生活稍微好一点，思维就变得迟钝，手脚也变得懒惰，写作也没以前勤快了。苦难使人进步，这话一点不假。

关于蓝蓝，它带给我的大多是有趣的、快乐的回忆，那些回忆似乎更适合我独自一人偷偷回味、偷偷乐，于是写进来的就只剩这一篇短短的文字。又或许，我更愿意相信我们的日子还会一起走很远，此时不该回忆。

我从蓝蓝两岁多开始接手抚养它，直到现在，将近13年。

作为一只血统不太纯正的贵宾犬，蓝蓝有一身浓密的金色卷毛，年轻时候的它，黑乎乎的大眼睛骨碌骨碌地转，你去哪儿它就会屁颠屁颠地跟到哪儿，很黏人。每天早上醒来，第一眼看见的便是它，在你床前又蹦又跳，吵着要你带它下楼溜达。

一天早晨，天空雾蒙蒙的，地板上生出了一粒粒细细的水珠，有只肥麻雀飞了过来，它正站在阳台的栏杆上思索着呢，这碗里的米饭是不是可以偷点儿来吃？不一会儿，它就跳到了阳台上，在蓝蓝的饭碗前欢快地吃了起来。

蓝蓝在屋里玩球球，灵敏的鼻子似乎嗅出了什么。它一蹦一跳地走到了阳台上，抬头一看，顿时怒不可遏，原来是只小偷！它不假思索地就冲麻雀扑了过去，一瞬间，才发现自己的身体太笨重，跳不起来，扑了个空。

小麻雀淡定地挥挥翅膀，一跃而起，在蓝蓝头顶上来回盘旋，似乎有点嘲笑和挑衅的意味。蓝蓝更生气了，又跳了起来，还一边跳一边哼哼唧唧，时不时大叫，两只前爪乱挠。即便这样，也奈何不了身形灵巧的麻雀。

小麻雀飞了几圈，见不可能再偷吃，拍拍翅膀，飞走了。

我被这有趣的一幕逗乐了，忍不住对着沮丧的蓝蓝大笑起来。

蓝蓝喜欢跳跃，能跳很高，有时甚至能跳上沙发，跃过我的头顶；蓝蓝还喜欢游泳，只要见到水，它便会迫不及待地冲下去；蓝蓝也喜欢坐车，一听到开车门的声音，它会第一个跳上车，自觉地找个舒服的位置坐下，然后把前爪放在门边，眯着眼睛吹风，活像一个懂生活的高人。

休息时我会带它到乡下走走。乡下的风景如诗如画，绿绿的草地，波光粼粼的清澈的小溪，那些自然的淳朴的气息扑面而来，让我心情愉悦。蓝蓝见到这些也很兴奋，车子还没停好，它就箭一般冲了下去。它跑到河边，两条腿站立着，前爪弯曲着放在胸前。远远望去，我还看到它腰杆挺得直直的，正伸长着小脑袋眺望远方呢，那姿态就像电视里的旱獭，生活在大草原上肥肥的旱獭。

阳光下，它那被大自然的美丽画卷勾勒出的背影和周围青翠的草地融为一体，俨然一幅动物世界里的和谐图案。

我们就这么看着，我看着它，它看着眼前的风光，各自满足。

今年蓝蓝快 15 岁了，当年那只活泼的小狗已经变成了一只安静的老狗，它的皮肤皱皱巴巴，腿脚不怎么灵活，脑袋不怎么灵光，耳朵有点儿背，连眼睛也看不大清楚了。它已经很少跳跃，有时确实太高兴也想用跳来表达一下情绪，但一抬腿，却发现自己的老骨头不允许，便伤心地挪回自己的老窝，继续睡觉。它越来越喜欢睡觉，一天中的大部分时间几乎都是在睡眠中度过的，就像一位老人。

有时我从外面回来，站到它跟前许久它才发现，然后迷迷糊糊从梦中醒来，艰难地爬起身，向我摇动它的尾巴。十几年了，这样的欢迎仪式从未改变，一如它对我从来不曾动摇过的忠诚和依赖。

在我小时候的认知里，长久的陪伴似乎是奢侈的、虚无缥缈的，那种不安全的、随时会失去的感觉是常态，就像那些来了又走的人，那些进入过我的生命，而后又离开了的狗狗伙伴。年少的我当年无论如何也不会想到，终有一天，会有一个小伙伴来到我的世界,陪着我,从年少到白头,想不到,也不敢想。

彼此陪伴,慢慢变老,感谢你们,我生命中的伙伴。

竹桥与环城河

一连下了好几天的雨,整个城市都笼罩在雨雾中。新村附近的环城河水也涨到差不多和地面齐平了,南门街拥挤的小巷也被水覆盖,最深的位置甚至没过了成年人的膝盖。雨水把上游的垃圾都冲了下来,地下管道的污水也混杂其中,街道随处可见各种塑料袋、树叶、动物的内脏等。还好,雨水消散了臭味,闻不着也就当看不见了。街上依然有不少撑着伞涉水而行的人。

每年的夏季,小城基本上都会遭遇一段这样的雷雨天气。暴雨如注,雷声轰鸣,人们出入总是要被淋湿的,即便不是雨把人打湿,地面上的水也会让你感觉像穿着衣服泡在水缸里。

大人们上班困难,孩子们上学更困难,小小的身板要蹚过深深的雨水,是一件艰难且危险的事情。

我沿着环城河走路去学校,竹桥就在我的右前方,它看起来破烂不堪,上面还长满了青苔。在雨雾中望过去,青灰色的竹桥若隐若现,摇摇欲坠。桥对面是一片居民房,居民房里面

第二部 闪亮的日子 | 243

似乎还有一个废弃的工地。搭建这样一条竹桥，其实是为了方便工地的工人进出。不过有时居民为了节省时间，也会偷偷从那上面经过，后来，又有更多人效仿，走上了这条捷径。

我不知道竹桥存在了多长时间，也没有留意它几时开始横躺在那里。记忆中它是某天突然就被我留意到的，那天正好也是下雨的天气。我蹚着水走在环城河边，抬头一看，发现身边多了一座桥。而对面那漆黑一片的废弃工地，有点像恐怖片里的"鬼屋"，那里面到底隐藏了些什么？在竹桥上走又会是什么样的感觉呢？我的内心无比好奇，那好奇心就像一条蠕动的小虫，在我紧张的神经里游走，渐渐支配了我的思想，我鬼使神差般一只脚就迈上了竹桥。

那是我人生中第一次冒险。久经风霜的桥面看起来非常脆弱，竹片和竹片间出现了大小许多窟窿，有的窟窿直径差不多半米有多。站在桥面往下看，可以看见坏城河水十分湍急，那滚滚的河水时不时喷涌上来，让人觉得新鲜又刺激。

这大概就是初生牛犊不怕虎。那时的我，根本不知道跨过一条长满青苔的摇摇欲坠的竹桥有可能会发生什么，更不知道对于一个不会游泳的孩子来讲，掉下去后意味着什么。我竟像一只欢快的小狗，在暴雨的天气里，站在竹桥上蹦蹦跳跳，享受着竹桥上下摇晃所带来的失重的快感。当蹦到最大那个窟窿面前时，我也丝毫没有犹豫，径直跳了过去。好像也不难嘛，再大一点儿也能跨过去。我以此为乐，接下来几乎每天都从那里经过。不仅如此，趁着那个暴雨的季节，我还带着我的小伙伴们一起去探险。我们会在雨中比赛，看谁跑得快，谁最先穿过竹桥，到达那片漆黑的废弃的工地。

雨水淅淅沥沥顺着工地的竹棚往下掉，那沉闷的响声犹在耳边，只是现在想起来，内心生出的却是深深的恐惧。真是让人后怕的一段经历！

后来，在暴雨中又坚持了一段时日的竹桥更破烂不堪了，桥面的竹排断的断，缺的缺，已经很难再撑起一个人的重量。没过多久，它就被人拆除了。我再上学时，便只能规规矩矩地走正常的路，那段冒险的经历也就告一段落了。

我把这段经历告诉了家里人，听得他们目瞪口呆。"要是桥面的竹片断了，人掉下河里就完蛋了。"他们说。

新村人似乎挺嫌弃环城河，每当他们从河边走过，都要捂住鼻子，有时候还要吐口水，好像那臭味钻进了他们的嘴巴似的。在他们的心里，环城河已经变了样，从一条清澈见底的小河流，变成了现在的臭水沟。而那记忆中的环城河，曾经是新村人喜欢和向往的地方，那时河里有小鱼，人们还能在河里畅游。随着城市发展的脚步越来越快，新村周围的工厂多了起来，生活垃圾，污水全被引流到了小河里，河水慢慢就变黑了，河床也积累了厚厚的淤泥，散发出令人厌恶的阵阵臭味。

仅仅隔了30年，环城河留给我们的记忆，和留给我父辈们的记忆完全不同。30年前，一群青春少年在河边玩耍嬉戏，游泳捕鱼，小河是他们青春最美好的印记。30年后，小河已成了臭水沟，清澈美好荡然无存，取而代之的是人们的嫌弃与厌恶。

不知对于我们的下一代，它又将给他们留下什么样的记忆呢？

音乐启蒙

陈主任是我小学的音乐老师，准确来说，他是我小学合唱团的音乐老师。因为他没有在正式的课堂上教过我音乐，所以他还算不上我名正言顺的音乐老师，但他带给我的音乐启蒙、对艺术的理解，以及在小学时光里给予我的帮助和鼓励，却是别的老师无法比拟的。在他的带领下，我度过了快乐的 6 年小学时光。

陈老师又叫陈主任，之所以叫他主任，是因为他还有另一个身份——学校教导处主任。他在那所小学已经教书 30 多年了，我的父辈们，包括我父亲以及三个叔叔都曾是他的学生。在那个只注重语文数学教育的年代，音乐老师似乎是可有可无的存在，一所小学能有音乐老师是非常稀奇的事情，更别说还有两三个，所以一般他们会身兼多职，以帮助学校节约成本。我真的很庆幸，能在小小的年纪里遇见一位这么好的老师，他让我看见了那片世界以外更广阔的天地。其实不仅是我，合唱团里的每个孩子都是因为他而爱上音乐，然后通过音乐爱上这个世界的。

我进入合唱团时还不到 10 岁的年纪，但陈主任已经快 60 岁了。60 岁的他脑门光光，头发不多，白白的牙齿里镶嵌着几颗银色的假牙。他走起路来脚下生风，腰杆挺得很直。我记得那是一个夕阳西下的傍晚，我们在教室里接受了陈主任的视唱考核。那是我第一次见到他，而在此之前，我只从父亲那儿听过他的名字。我看见他安静地坐在一台电子琴前，认真地弹奏着每一个音符，通过考核的人，可以进入合唱团。

我就是在那天成为合唱团小小的一员的。从那天开始，被选进合唱团的同学们常常会聚在一起，听歌，练习，那真的是一段美妙的经历，以至于人们每每想起，内心总觉得温暖又感动。那段时间，班上的同学们都是在枯燥的晨读中度过课前时光的，而合唱团的我们，却是在《春天在哪里》《小螺号》《少年少年，祖国的春天》《让我们荡起双桨》的美妙歌声中开启新的一天。孩子们清脆的歌声，歌曲动听的旋律，还有那些写进心里的歌词，都深深地印在我们的脑海里，让我觉得世间的一切是如此美好，而这份美好的感觉一直留存于我的心间，充盈着我此后的人生。

早晨的校园，鸟语花香，微风拂面。同学们早已排成两行，等待着班主任老何分发早餐。讲台边放着一个装着半桶粥水的大铁桶，上面漂浮着点点葱花，还有一些细碎的肉末。老何拿着勺子往大铁桶里搅拌几下，就把粥一勺勺分给同学们。幸运的同学能从中分到一两块成团的肉末，大部分人的碗里只有清清的粥水。两毛钱一份的早餐，也就这样了。

早餐过后，陈主任又在喇叭里召集合唱团的同学到操场练习。老何听见后，眉头深锁。他反对我们参加任何文娱活动，他说："唱歌跳舞最没用，要想有出息，就要好好读书。"听到他这样说，我也曾试探性地反驳："假若成绩很好，也不能参加合唱团吗？"

老何恶狠狠地盯着我说："不参加乱七八糟的活动，你就能成为全校第一了。"

老何用恶毒的语言骂过班上许多同学，但他从没骂过我。这不代表我就是被他认可的孩子，也许他只是"看不见"我。也好，让自己成为透明人是有点自卑的我最喜欢的，既避免了纷争，也避免了成为焦点。所以，即便陈主任一次次在喇叭里召唤大家，我和班上其他几位参加了合唱团的同学还是不敢当着老何的面走出教室的。

几分钟后，陈主任一阵风似的来到了我们的课室，他向老何点点头，便招手叫我们出门。这时，大伙儿才像个做错事的孩子找到保护伞一样，小心翼翼地起身，走出教室，跟在陈主任后面下楼去了。

合唱团的领唱上了中学以后，我就成了合唱团里唯一的领唱。再后来，陈主任又让我接了他指挥的位置，当上了合唱团里的指挥。而后，陈主任还让我去参加独唱比赛并让我当上了仪仗队的指挥，与此同时，他还安排我在每周一的升旗仪式上指挥全校师生齐唱国歌。说实话，这么多的安排对我而言是开心的，也是烦恼的。开心的是我从中收获了快乐，增长了见识。烦恼的是，骨子里的我十分抗拒人多的场合，而这一系列活动恰恰都要当众进行，这让我的内心十分为难。所以每到周一升旗仪式，为了躲避到舞台上指挥，差不多到奏唱国歌环节，我就会溜出队伍，躲进厕所。我成功过几次，但多数时候是失败的。陈主任见我还没在舞台旁边就位，会跑来列队的班上找我，通过同学的指引，他会找到厕所门口，然后站在那里大喊："你快出来，都在等着你指挥呢！"结果是，我又只能硬着头皮上台。

说来真是奇怪，就是这么一段在当时让我痛并快乐着的十分纠结的经历，却在无形中帮助我增长了见识，锻炼了勇气。它就像一颗小小的种子，种在我的心里，随着我成长，慢慢生根发芽，为我后来从事语言艺术工作埋下伏笔。

陈主任正确的指导加上孩子们勤奋的练习，合唱团里的每一个人都进步很大，最终，我们的合唱团获得了全市少年儿童合唱大赛的第一名。领奖当天，我看见陈主任穿着笔挺的西装，微笑地走上舞台，他那几颗银色的假牙在灯光的照映下闪闪发亮。

后来，他又带着我去参加全市的少年儿童独唱比赛，那次比赛，我是学校里参赛者中唯一一位少年组的选手。上场前，因为感觉身上的裙子不如别人的漂亮，我有点紧张，我告诉了陈主任，却听到他的安慰，"穿得漂亮不代表唱得比你好，你要相信自己，也要相信我。"他的话非常管用，像是让我吃了一颗定心丸。我出色地完成了表演，又获得了第一名。

结束比赛，陈主任带着我去认识了一位头发花白的评委黄老师，他滔滔不绝地向黄老师介绍我，两人频频点头。我当时没注意他们聊了些什么，直到后来我考上市里唯一一所重点中学，我才知道，那位黄老师原来是那所中学的音乐课主任，陈主任当时是在向他极力推荐我。因此一上初中，我便被黄老师招进了合唱团。这让我在陌生的中学时代，因为有合唱团的陪伴而倍感亲切。

倒春寒一过，校园里的凤凰树渐渐长出了嫩绿的新芽，这些嫩芽是毛毛虫最爱的食物。春分一到，空气更潮湿了，树上便长满了各种黑色的虫子。大大小小的虫子弓着身子在树上缓慢蠕动，有的还吐起丝来，把自个儿缠住，倒挂在树上。人们经过时总是防不胜防，一不小心碰到，这些虫子就会掉落下来，在你的肩头、脑袋、干净的衣服上钻来钻去，把人吓出一身冷汗。等到天气稍微热一点，空气里的湿气逐渐散去，那些黑色的虫子就不见了，它们变成了一个个黑色的茧，挂在树上，等着破茧而出，飞去更远的地方，去看这个多彩的世界。

一系列的比赛过后，学校又组建了一支仪仗队，准备参加市里的检阅。每天早晨，我们都要硬着头皮在满地毛毛虫的操场上操练。在这种环境里练习真的是挺恐怖的一件事。

长长的队伍里，我拿着指挥棒走在前头，后面跟着吹号的男生，接着是小鼓、钹、大鼓。我们跟着节奏整齐划一地在操场上来回演奏，一遍又一遍，直到每个人身上、脸上大汗淋漓。我想，孩子们永远也不会忘记自己第一次穿上仪仗队队服时那威风凛凛的样子，红红的衣服，红红的帽子，衣服的肩膀位置还有两个带溜须的袖章。我对着镜子里的自己左看右看，内心竟生出了巾帼不让须眉的自豪感。

那次的检阅评出了两个第一名，我们仪仗队又位列其中。

是巧合吗？有时我们会用玩笑的口吻问自己这个问题，答案是不言而喻的。如果没有陈主任，没有大家那股不服输的劲儿，哪儿来那么多巧合的第一名？那些见证了我们努力的奖状挂满了校领导办公室整整一面墙。

这屡屡获胜的经历让陈主任在市里更出名了，连看大门的福伯每次见到我都会对我说："陈主任不仅有才，人还很好，对学生好，对我们看大门的人也很尊敬。"福伯每次见到我都说同一番话，这让我对陈主任更加尊敬了，至于这份尊敬是怎样升华的，我当时说不出来。直到后来我当上了新闻记者，遇到过许多仗势凌人、虚情假意的人，偶尔想起陈主任时，我才找到了原因。人类真正的善心，只有面对那些不具备任何力量的人才能自由而纯粹地体现出来。如果受个人实力对比的制约，是永远都无法下确切定义的。那时的陈主任是德高望重的主任，而福伯只是一个看大门的穷酸老头，可他依然给予那个老头无比的尊重，所以他值得我们尊敬。

有时我也会感觉奇怪，在这六年的小学生涯里，常常让我想起来的瞬间，基本上都和陈主任组建的合唱团、仪仗队有关。事实上，我也记得班主任老何，可能是他留给我的印象和陈主任不大一样，或者是因为他太严肃，让人感觉局促又紧张，而人又只喜欢记得开心的事，所以我不常记起他。

我参加独唱比赛那段时间，每天下午第三节课时间，陈主任都会安排我在广播里给大家唱歌，那首《有只大雁在站岗》唱的次数多了，同学们都会跟着哼唱。有时，陈主任会在操场的大喇叭底下站着，用心地监听我歌声里的每一处优缺点，然后指出来,让我对缺点加以改正。而老何却在班上,拿一根竹竿拼命地扯喇叭线,但他没有成功过一次。

有一天,老何把我叫到办公室,表情严肃地对我说:"班干部都参加了补习班,你是不打算报名了吗?"老何的脸上满是不屑的神情。说完,他抬起手把他左边脑袋上仅剩的几根头发熟练地拨到了右边。

我把这件事告诉了阿妈,并表示我不需要补习。阿妈没吭声,第二天,就买了两条咸鱼和一只鸡去老何家拜访了他,并把补习费交了。从那儿以后,老何就很少板着脸了,也很少上演竹竿扯喇叭线的戏码,放学前,他还会带着大家,安安静静地坐在教室,听着广播里传来的我的歌声:"雁群,进入了梦乡,有只大雁在站岗……"

最终,我以优异的文化课成绩顺利地考入了孩子们梦寐以求的重点中学,成为班上 4 名考进去的学生之一。但我觉得最幸运的,是我遇见了陈主任和他的合唱团,让我在枯燥的小学生涯里画出了人生中第一幅美丽的画卷。

时光如水,日月如梭,六年小学时光转眼过去将近 30 年,有部分回忆开始变得模糊,越用力回想,越面目全非。就写下这么一点细碎的经历吧,以此感谢我的恩师,也证明那个已经荒废的校园,我曾来过。

外婆家的贺诞

每年的七月初七，华溪村的外婆家会举办一场盛大的民俗活动——贺诞，庆贺七仙女下凡，给村民带来平安。那一天，外婆家会来很多人，里里外外远近亲疏都会带上供奉用的水果、家禽、纸钱、蜡烛等过来参加活动。他们会虔诚地在神坛上跪拜，以此求得七仙女的庇护，从此家宅长宁、人丁兴旺。但七仙女是谁，是怎么来的，又为什么是在七月初七这天来，没人能回答。

为了这场仪式，外婆早几天就开始忙碌了。她一遍遍地清点着备用的物品，生怕漏掉些什么。"电视机、冰箱、音响、电话、汽车……"外婆数着数着，忽然觉得少了点什么，又把五舅叫过来，吩咐他再到镇上买台纸空调回来。七仙女一年难得下凡一次，俗人要备以厚礼，不能有失远迎。

那是我记忆中第二次看见外婆家里这么热闹。第一次看见这么大场面的时候，是在外公去世时。与贺诞时每个人脸上洋溢着笑容不同，外公去世那天，每个人都在哭，包括阿妈。我也跟着哭了，倒不是因为伤心，而是觉得在那个环境里,不哭似乎不合理。年少无知,不懂离别意味着什么。

夜幕降临,月亮悄悄爬上枝头,蟋蟀也开始了它们的合奏曲,华溪村外安静且清凉,一片祥和的气息。诵经的阿叔吃过晚饭早早就来了,他和外婆交谈了几句,交代了备用的物品后,便拿出卷烟坐在门口抽了起来。对阿叔而言,这样的仪式驾轻就熟,不必紧张,一切按部就班即可。

等到天完全变黑,仪式正式开始。只见阿叔换上了一件黄白相间的长袍,头戴一顶黑色平顶帽,右手拿着一把铜剑,左手握着一串铜铃。他嘴里跟着念念有词,说着旁人听不懂的话。围观的人多了起来,大家都像在看一场盛大的魔术表演一般,期待着惊喜一刻的发生。

阿叔手舞足蹈,时而抖动他手上的铜铃,时而挥舞铜剑,时而跪拜,时而围着神坛不断转圈,忙个不停。有时转到激动处,他还会含上一口高度白酒,直接喷洒在烛火上,那小小的烛光瞬间扩大成一团耀眼的光芒,人们的神经随之紧绷了起来,发出阵阵惊叹声。

我也被阿叔的表演所吸引,兴奋得直拍手叫好,全然忘记了外婆举办这场贺诞的真正目的,也忘记了美丽的七仙女或许已经悄悄降临。

仪式进行到一半时,阿叔示意外婆把备好的各式祭品一一扔进火炉，并点燃一串串鞭炮。巨大的鞭炮声此起彼伏接连不断地响了起来，那响声似乎在提醒大家，七仙女或许已经驾到了。这时，嘈杂的人群才会安静下来，人们这才回过神，纷纷把从家里带来的祈求获得仙水沾点的衣服拿了出来。大老远跑一趟，可不能因为看了一场表演而忘记了正事儿吧。大家手捧衣服，自觉地围成了一圈，虔诚地等待着仙水的沾点。

小小的庭院里火光四溅，阿叔把手上的道具换成了几根柳条。他又含了一口白酒，用力地喷洒在柳条上。接着他走到人群中，用沾着白酒的柳条一一点洒在人们的衣服上。

直到最后一件衣服也沾上柳条上的白酒，整晚仪式的重头戏才算告一段落。要是哪家忘拿或少拿了衣服出来，可是要遗憾许久的，等了一整年就等这一刻，竟大意到如此地步，我想换成谁也很难原谅自己。

深夜，仪式还在继续。孩子们早已睡意蒙眬，回房歇息去了。大人们有的站累了，随意找个角落也跟着躺下睡去了。等到天蒙蒙亮时，鞭炮声、铜铃声、敲锣打鼓的声响才渐渐平息。

正午时分，艳阳高照，院子里的神坛已经被撤走，只剩下满地散落的鞭炮屑，和火炉里满满的纸屑与尘灰。外婆拿着一把扫帚熟练地扫着院子，尽管一夜未眠，她看起来依旧精神。能让七仙女下凡庇护这里的人们，这点累又算得了什么。

生于民国时期的外婆原本有9个儿女，在经历了战乱和大饥荒后，儿女只剩下5个。在那段艰苦的岁月里要把5个孩子拉扯大可不是一件容易的事情，最难的时候，一家人连树根都吃不上，只能躲在山里忍饥挨饿。有一次，外婆用背带背着自己的孩子外出觅食，却遇上了两个日本鬼子。那俩日本鬼子正巧也看见了外婆，他们立马上前，大声呵斥她站住。外婆当然没有听他们的，她吓坏了，撒腿就跑。鬼子也没有放过她，他们掏出了明晃晃的长刀，接着追赶外婆。他们一边追还一边大喊，那声音从外婆背后传过去，让人感觉毛骨悚然。

乡下人每天都要干农活，因此锻炼了很好的体能。即便外婆光着脚丫在碎石满地的山头飞奔，也丝毫没有影响她的速度。她头也不回地跑啊跑，直到跑不动了才停下来，转身看早已不见了日本鬼子的身影。外婆这时才发现，自己已经跑过了两座山头。

那样居无定所，朝不保夕的生活没有难倒外婆，她就是这样跟着外公，含辛茹苦地把几个孩子拉扯大的。常年劳作，使得外婆体格非常好，她几乎没生过病，但有一次她遇上了一件奇特的事，病倒了。

那年公社宣布破四旧，村里的庙堂就被拆除了。没过多久，外婆就生病了，她开始变得神神道道，每天不干活儿，只在家里唱歌，唱的都是一些别人听不懂的歌。和她说话，她也总是答非所问。突然有一天，外婆莫名其妙地在家里摆了一张桌子，还在上面放了几个仙女的雕像，她说是七仙女托梦给她，要她一直供奉，这样病才能好。

神奇的是，没过多久，外婆真的就好了，她又恢复了往日的状态，干起活来比谁都勤快。这段经历让村里人惊讶不已，大家开始跟着外婆，供奉起七仙女来。大家都深信，只要得到七仙女庇护，就一定能健康长寿，家宅长宁。

贺诞仪式据说就是这么来的。我想，不管有或无，只要人们心里因此感觉安宁，七仙女下凡的目的就算真正达到了。

现在年近百岁的外婆依旧过着和往常一样的生活，露水还没散去的清晨，她就要到菜园子里浇水施肥，再拿些剩饭剩菜给院子里的小鸡小鸭喂食。早餐过后，她会坐在门口的大树下乘凉，看看来来往往的行人，等待着出其不意到访的亲人。

日日如此。

外婆说，她要活过 100 岁，到那时，她要给七仙女举办一个更加盛大的贺诞，以保佑每个人都和她一样，长长久久，岁岁平安。

祝愿外婆如愿，因为她的愿望，也是我们大家的愿望。

稻田里的童年

华溪村的牌坊也是近年才建起来的，它建在进村的地方，在一块石碑上，刻了"华溪村"三个大字。没建牌坊之前，我的确不知道"华溪村"这几个字该怎么写，有人说它是"华西村"，也有人说它是"麻痹村"。不管怎样，这就是阿妈的家乡，也是我少年时代常常想念的地方。

秋收时节，稻田里一片金黄。微风拂过，金灿灿的水稻在风中翩翩起舞，飘出淡淡的清香。稻田里，乡亲们低着头、弯着腰，不停地挥舞着手上的镰刀。农忙时节最累人，手和脚一刻都不能停下来，他们要争分夺秒地，赶在稻谷掉落之前完成收割。但这仅仅是第一步，接下来的工序烦琐且复杂。他们还要在现场把割下来的稻谷用人工摔打的方式脱掉谷粒，再一袋袋装好扛到田边，然后用手推车把它们运回家。假若家里没钱购置手推车，也就只能自己扛回去了。

稻田里收割的工作结束后，家里的工作就可以开始了。在烈日当空、骄阳似火的正午，乡亲们要把一袋袋谷粒扛出来,接着把它们倒在晒谷场上,用耙子铺匀,晾晒。等到表面那层晒得有点干爽了,再用耙子匀几遍,直到底下的谷子翻到面上,谷粒彻底晒干方可。

若不是看见那被汗水浸透的衣服和额头上不断冒出的汗珠,你根本不知道这原来也是一项体力活。到了傍晚,他们还要赶在露水出来之前,把谷粒扫成堆,装袋再次扛回家里。露水有湿气,若被谷子吸收了,这一天的太阳可就白晒了。

遇上连续几天的艳阳算是好运气的了,那谷粒在猛烈的太阳底下晾晒,很快就晒干,这样才可以进入下一个步骤。如果中间有几天阴雨天气,那要把人愁坏,那本就潮湿的谷粒装在袋子里没办法倒出来透气晾晒,几天后会长霉或发芽。一旦发芽,那谷子就算是坏了,也就意味着所有秋收的活儿白干了。伤神,也伤人的心。

经过一轮轮翻晒后,那些晒干了的谷粒要被放到鼓风机里进行筛选,饱满的、好的谷粒会沉下来,流进筐里,而瘪的或者碎了的,则会随风吹出来。

孩子们对这个环节是最感兴趣的,那木做的鼓风机上有一个弯弯曲曲的铁柄,抓住它快速转动,风就跟着起来了。我嚷嚷着也要试一下,可没摇几下,就觉得不好玩了。二舅在一旁配合着我的动作扫着谷粒,见我不动了,便和我开起玩笑来:

"加油,使劲儿摇,稻谷又快装满啦!"真想不明白,重复地干着这么枯燥的活儿,他竟还能这么开心。我摇摇头,躲到一旁安安静静地当观众去了。

如此,我便理解了"谁知盘中餐,粒粒皆辛苦"的含义,也就更加珍惜粮食了。

农忙的日子里,表弟们也是要帮忙的。他们下了课就会自觉地去到地里,光着脚,拿一把镰刀,有模有样地学着大人收割水稻。

因为常年帮着干农活儿,表弟们小小的手掌上长满了茧,摸起来有些粗糙。但这也抵挡不住锋利的禾苗,一不小心,手和脚便被刮出一道道血痕。止血贴是没有的,往上面吐一两口口水权当是消过毒了,根本不必在意那些伤口,还是继续帮忙收割吧。

我的到来,像是给表弟们带来了开心果,他们笑着从田里跑了上来,拉着我要去捉泥鳅。

乡下的生活和城里的不一样,一切都让人觉得新鲜又好奇。我们来到了一片泥巴地里,只见他们丝毫没有停顿,一个箭步就跳了下去,裤腿顿时沾满了黏黏的泥巴。他们时而穿过水草间,时而踩进牛粪里,两只小手在里面摸来摸去。不一会儿,表弟就捧了一把黑得发亮的泥巴出来,他开心地向我摇动着双手,示意我注意他手里的泥巴。"呀,真的捉到了耶!"我开心地大叫起来,与此同时,我看见那坨肥得漏油的泥巴里,有条黑黑的泥鳅在里面钻来钻去。表弟顽皮地向我做了个鬼脸,然后迅速地把带着泥鳅的泥巴一起装进了瓶子里。

从泥坑里出来,表弟的脸上、身上没有一处是干净的,他们活像一个个泥人,一双眼睛眨巴眨巴,让人觉得十分好笑。洗净后,他们还从腿上捉住了两条吸饱血的蚂蟥。

那蚂蟥可厉害了,它的嘴巴一旦咬紧了你,要把它们弄下来可不是一件容易的事。表弟费了很大劲才把它们从腿上活生生撕扯下来,扯下来的一瞬间,鲜红的血就从他们的腿上流了出来。只见表弟们又是熟练地往手上吐了点口水,然后将它按在了出血处,不一会儿,血就不流了。

如此场景看得我毛骨悚然,但表弟却轻描淡写地说:"这玩意儿,只要不钻进身体里就没事。"看着他们那与年龄不符的镇定自若的样子,我的内心涌出了些许心酸,都说乡下孩子成熟一些,这话没有说错。

秋天的蚬也是最肥的,那肥肥的蚬正舒服地躺在沙子里,等着河流带来美味的食物,好吃饱过冬呢,却没想到被人们捞了出来。舅舅舅妈拿着大簸箕站在清澈见底的溪水里,只轻轻往沙里一铲,簸箕里就装满了细沙。用这些沙子在水里左右抖动，上下翻转几次，细沙漏走后，棕黄色的蚬便露了出来，它们有的大有的小，不一会儿工夫，舅舅就捡了大半桶。

这个时节的禾虾也很多。我初听这个名字时，还以为是某种水里的生物呢。其实，它是一种爱吃禾苗的昆虫，长得有点像蚱蜢。人们吃它是很方便的，抓到以后，只要把它们的翅膀和爪子撕掉，就地点一把干枯的稻草，把它们扔进去，很容易就被烤熟了。

故乡人对烧烤是没有抵抗力的，当远远地闻到禾虾烤熟的味道时，我嘴里的唾液就不自觉地开始加速分泌，但我实在没有勇气吃它们，因为它们实在太像蚱蜢了！那长着长长爪子的小虫真的能吃吗？我半信半疑，忍住馋嘴的欲望，站在一旁，准备观看表弟们的吃禾虾表演。

表弟们把烤熟的禾虾从稻草堆里一个个挖了出来，然后对着它们用力吹了几下，又用手仔细地把上面的灰抹掉，才把它们放进嘴里。他们津津有味地嚼着，时不时还闭上眼睛，满足地左右摇晃着脑袋，仿佛他们吃到的是人间最美味的食物。

阿弟大一点时，也要跟着我们去地里玩，但每次经过泥潭，他都不敢伸脚跨过去。表弟见状，会返身折回，在阿弟面前蹲下，然后小心翼翼地把他背到背上。我看见一个小身板背着另一个小身板，摇摇晃晃地走在乡间小道上，心里有种说不出来的感动。

太阳渐渐落山，大人们收拾农具准备结束一天的工作。表弟会带着我，赶着家里的老黄牛回家。我清晰地记得那个下午，余霞成绮，微风轻拂，我们坐在牛背上，哼着歌，走过一片金黄色的稻田，那画面美得让我一生难忘。

冬去春来，几个假期过去以后，转眼我也上高中了。有一年暑假，我的两位好友也从大城市来到了华溪村。他们的加入，让小伙伴们的队伍一下壮大了，大家敢于尝试的事情也越发多了起来。

有时，我们会到村民口中讳莫如深的大榕树下探险，会到池塘里摸鱼，会去偷别人家菜园里的蔬果，还会壮着胆子去捅马蜂窝。那结果可想而知，跑得最慢的阿弟被马蜂蜇了一脸包。

最勇敢的一次，我们还跑去和村里的阿愚聊天。和新村的得欢一样，阿愚也被认为是华溪村多余的存在，村民们很嫌弃他。他们说，他阿爸被人捅死了，他也掉进鱼塘差点死了，是我的二舅把他救上来的。那个下午，我们听着阿愚结结巴巴地向大家讲述着自己如何被人卖去广州，又如何走了几天几夜回到村里，忽然就对他心生怜悯。

夜晚的华溪村，星星布满整个天幕，小伙伴们并肩躺在院子里，安静地数着星星。院子外，清风拍打着竹林，发出阵阵声响。青蛙和蟋蟀似乎在努力比拼，看谁的声音最响亮。

忽然，一颗流星拖着长长的尾巴划过夜空，大伙儿便双手合十，虔诚地许起愿来。

"我希望将来不用再种田。"

"我希望能到城里去。"

"我希望拥有一台全新的游戏机。"

……

那个夜晚，每个善良的孩子都对着流星，许下内心最真诚的愿望。只是他们不曾想到，那些当年看似遥不可及的梦想，因为自己的努力，日后都一一变成了现实。

我们应该感恩流星，更应该感谢自己。

阿愚

　　大约在 1995 年的一个夏天，华溪村发生了一件骇人听闻的事，有一个傻子把一个老鳏夫捅死了。据说是因为鳏夫对傻子说了一句话，惹怒了傻子，傻子就回家拿了一把尖刀，跑到这个鳏夫的家里捅了他。鳏夫说："我是你爸，所以你妈是我老婆。"鳏夫以为占了傻子的便宜，结果却因为这句话，丢了性命。法院最终判决傻子无罪释放，理由是他有精神病，是无意识犯罪。

　　鳏夫死后，村里人凑钱买了一张竹席，合力把他埋了。

　　鳏夫有一个儿子，叫阿愚。那年阿愚 20 多岁，因为这件事，被吓得不敢出门，他怕傻子再拿尖刀把自己也捅了，在家里躲了几天，直到肚子实在饿得不行了，才出门觅食。他光着膀子在村里转悠，见人就说："姨婆给口饭吃。"村里没人搭理他，一来觉得晦气，你家刚死了人，你来跟我说话，是要让我也跟着倒霉吗？二来觉得这个阿愚时常这么说，也不知道是真饿还是假饿，又或者说，即便是真饿，也不可能这么轻易就被饿死。"你看他那么壮实，能饿得死吗？"村里人说，所以没人理他。

村里人的话不无道理，阿愚的确非常壮实。听人家背地里议论，阿愚一顿能吃 10 碗饭，他父亲在世时，为此一直很苦恼：你是很能吃，可你干活少啊，你不干活，哪儿来这么多吃的呢？于是开始后悔，当初怎么就给他起了这么一个名字。阿愚阿愚，原以为他有愚公移山的本事，却没想到他把这本事都用在了吃和睡上，好吃懒做，整日游手好闲。

阿愚常年光着膀子在村里转悠，遇上下着冷雨的冬天，别人都冻得瑟瑟发抖时，他也只是穿着一条单薄的黑色西裤。那条西裤不知道是从哪儿捡来的，破破烂烂，沾满了泥土。他光着膀子，淡定地、慢悠悠地走在乡间小道上，到处问人讨吃的。寒冷对他而言是没有任何威胁的，唯一有威胁的，是那填不饱的肚子。

经历了日晒雨淋、风吹雨打，阿愚全身的皮肤黑得发亮。那黑黑的皮肤加上他那身饱经沧桑的肉，常常能让人联想到地里干活的牛，而且是一头干完活还有草吃的牛。可是，阿愚干活吗？没有。阿愚有饭吃吗？也没有。那他为什么那么壮实？没有人知道。唯一的解释就是，老天爷赏的。

老天爷赏赐的壮实成了阿愚的保护伞，许多外乡人初来乍到，看到他走在路上的架势，都不敢惹他。"谁敢惹？万一惹毛了被打一顿，估计得住好几天医院呢。"那些外乡人见到他，远远地就躲了起来。

阿愚的壮实，也是他的软肋。村里土生土长的人都知道，他只是徒有其表，白长一身肉而已，实际上是只纸老虎，不中用。村里许多年轻小伙子见到他，都会凑到他跟前，举起拳头往他胸口打几下，他们一边打一边说："借我练练手。"

阿愚没有还手，他被打以后似乎还很开心，说："你打的是你姐夫呢。"小伙子听后很生气，劈头盖脸又冲他打了一顿。打完，气消了，大家拍拍沾满灰尘的手准备离开。阿愚笑着送别大家，他说："你们打完姐夫，不请姐夫吃饭啊？"阿愚以为他能用被打换顿饭吃，可是他换来的是另一顿暴打。

阿愚原来有个妹妹，当年我妈把她介绍到了城里，结果没几天就被人带走，从此没了音讯。阿愚说："我妹妹嫁去城里，山鸡变成了凤凰，所以不理我了。"阿愚提起他妹妹的时候面无表情，就像当年看见他父亲被人捅死一样。他说："她要死了，也是没有办法的，反正我不会哭，有什么好哭的呢？"

听到阿愚这么说，村里人惊得瞪大了眼睛。他们说："你这个样子，你要是死了，你妹妹也不会哭的。"他们指责他冷血，纷纷奚落他。"要么你是只动物，要么你也是傻子，哪有家里人死了不哭的呢？"人们骂着骂着，反而乐了。反正说的是别人家的事儿，就算是死人，也是死别人家的人。

有一年冬天，阿愚光着膀子跳进干涸的池塘捉黄鳝，不知道怎么回事，陷进了泥潭里，他越是挣扎就越往下陷，渐渐地，泥巴水漫过了他的胸口。阿愚举起双手向岸边的人求救，他大声呼喊着，却没有人回应。大家正站在鱼塘边等着看热闹呢，他们说："这个人很冷血的，他爸死了他都没哭。"阿愚挣扎着，时而挥舞双手，时而呼救，他用尽了全身力气，奄奄一息，却依旧没人理他。这时，我的二舅正好路过，见状，急忙回家找了一根长长的竹竿，返回泥潭后，把竹竿朝阿愚递了过去，他对他说："抓紧，别松手！"然后二舅用尽全身力气，把阿愚从泥潭里救了出来。为了表达谢意，此后很长一段时间，阿愚常常到外婆家里来。他会帮着二舅晒牛粪，扛禾苗，搬沙子，顺便换顿饭吃。二舅也不嫌弃他，偶尔还会给他塞上几块零花钱，让他买好吃的去。有时干完农活，阿愚会光着膀子平静地坐在树底下乘凉，那两耳不闻窗外事的神态，就像一位世外高人。

后来，二舅跟着儿女们搬到城里去了，阿愚也就不来了，他又重操旧业，到处跟人讨饭去了。但绝大多数时候，都是讨不到的。人们说，他这么冷血，活着也没用，应该早点死。

我猜想，如果哪天阿愚饿死了，大家应该不会觉得奇怪，更不会为此掉泪。对待一个冷血的人的最好办法，就是比他更冷血。这是他们的逻辑。但我对此却有着不一样的理解，或者说，我不能完全认同他们对他的评价。在贫困的环境下，人们的亲情都比较淡漠，即便是母女、父子，在贫困的压力下，也会尽显自私的一面。人要活得善良，是需要许多条件的，没有这些条件，善良的天性也会渐渐被埋没。很多人以为自己比那些穷苦的人更善良，其实他们只不过是更幸运罢了。

转眼，阿愚 30 岁了，某天村里人突然问他："你都一把年纪了，还不结婚啊？"这个问题，让阿愚认真了起来，他思索着，两只眼睛放出光来。是啊，可不能像自己父亲后半辈子那样，做个孤家寡人。男人嘛，还是需要找个老婆的。于是从那天开始，阿愚没事就会到镇上转悠，希望碰到合适的姑娘，顺便在镇上讨口饭吃。他就这样转了几个月，除了偶尔能填饱肚子，别无所获。村里人嘲笑他："你一分钱都没有，哪个姑娘会看上你呢？"阿愚没把这句话听进去，反而心想：谁说没钱就不能被姑娘看上？说不定自己就是这么幸运，被人看上了呢。他又去镇上转了几次，有时看到迎面而来的姑娘，会朝人家笑笑，吹个口哨，然后对人家说："你吃了吗？我请你吃饭啊。"得到的不是白眼，就是辱骂，或者被姑娘吐一脸口水。

阿愚最终还是没有讨到老婆。

一年后，村里有人要把他介绍到省城工作。他们对他说："省城是大城市，在那里，你不仅能吃饱饭，还能赚到钱，赚到钱就能讨到老婆了。"阿愚的眼睛突然又放出了光，奔着能讨到老婆的目的就跟他们走了。他怎么走的，村里人不知道，村里人只知道，从那天以后，很长一段时间都见不到那个光着膀子走在路上的身影了。村里有的人因此很羡慕他，说起消失的阿愚时，会露出些许嫉妒的表情："我们比他强多了，凭什么他能去省城，我们不能？"

有一段时间，人们时常提起他，拿他来做比较，从一开始村头村尾男男女女讨论，到渐渐无人提及。人嘛，毕竟不是机器，记忆总是有盲区的，自己的事情都记不住，更别说他人的。阿愚又不是大人物，有什么值得惦记的呢？

春来秋往，斗转星移，就在大家快把他遗忘了的时候，阿愚又光着膀子出现在了村里。他壮实的身材消失了，只剩一副皮包骨。他脸上黑而且瘦，眼睛深深凹陷进去，嘴唇干得出现了一道道裂痕。人们没认出他来，试探性地和他打招呼："你是阿愚？"阿愚转过头平静地望着大家，说："姨婆给口饭吃吧。"这时，大伙儿终于确定，眼前的这个人，就是之前让大家羡慕的阿愚，只是这个阿愚已经从一头壮实的"牛"变成了一只干瘪的"蛤蟆"。

"你干吗去了？大老板。"大家打趣地问他。

阿愚还是平静地望着大家，又平静地回答："我被骗了，差点死了。后来我逃了出来，从省城走了一个月才走回来的，幸好路上能捡到吃的。"

人们听到他的回答，哈哈大笑起来，原先还担心他会变成大老板呢，现在看见他这个样子，也就放心了。他们有的继续拿他取笑，有的则举起拳头在他胸前挥舞着，嘲笑他说："你的胸肌现在没有我的厉害了哦。"

被打的阿愚微微地笑了，他说："打完后，记得给你姐夫一口饭吃。"大家笑得更开心了，那一刻的华溪村像极了过年。

现在，阿愚 50 多岁了，在华溪村的小路上，人们依旧能看到他孤身一人的身影，他在那条要饭的路上继续平静地前行着。

仲夏时节

仲夏时节，天气依旧闷热，蚊子似乎也热得不见了踪影，大狗喘着粗气，哈喇子直流。新村停电了，连续停了好几天。夜幕降临时，整个村子一片漆黑。停电的日子，人们早早就把饭吃了，把大门锁好后，搬张椅子就坐在门口乘凉。

孩子们最喜欢这样的时刻，浪漫又神秘。小巷里的烛火一闪一闪，照出的人的影子时大时小，时高时矮，时胖时瘦，时而像人，时而像怪物……总让人生出许多想法：这些影子会不会从墙里、地里钻出来，变成传说中的鬼？这样想着，汗毛就竖了起来，于是赶紧跑到大人怀里，寻求庇护。

阿婆的牌友们带了几根蜡烛过来，她们围坐在门口的石凳上，点亮蜡烛，接着继续沉浸在打扑克牌的乐趣中。停电是不可能影响到她们打牌的。

对新村而言，停电就像家常便饭。特别是在炎热的夏季，用电的家庭多了，停电就经常出现，最长时能停上好几天，就像这次。其实，即使不停电,也会电压不足。每当这时,家里的灯火会变得昏暗,它们闪闪烁烁,明明灭灭,使得空气中流动着一股神秘的气息,让人觉得似有只无形的手主宰着新村的一切。有些人受不了这样的日子,便会买来调压器,把电压升高一些。这样一来,灯泡就正常了,跟着亮了起来。但使用调压器也是有风险的,因为你不知哪天或者哪一时刻电压会正常。一旦电压恢复正常,那些使用了调压器把电压升高了的电器就会被烧坏,真要吓破人的胆!比如,你会看见那看起来好好的灯泡突然间爆炸,玻璃灯罩被炸得细碎,掉落一地。也是很烦人的。阿爸就试过几次,他因此烧坏几台心爱的电器,懊悔了好一阵子。

后来再遇上这样的日子,人们也不敢乱操作了,干脆把电灯、电器关掉,省得它昏暗得让人感觉压抑。他们会点几根蜡烛,做饭的做饭,聊天的聊天,过着和平常一样的生活。

"豆花、凉粉,豆花、凉粉……"村口传来了小贩清脆的叫卖声。就像一场及时雨,小贩的叫卖声给闷热的新村注入了一点清凉,大家纷纷转过头去。

"多少钱一斤?"有人问。

"凉粉五毛,豆花六毛。"小贩停住了脚步。她放下扁担,微笑着回答大家。

"我要吃!我要吃!"孩子们一窝蜂地涌了上来,欢快得又蹦又跳。

"嗯,看起来挺好的。"大人们也满意地盯着那桶白花花的豆花儿,直咽口水。

看到孩子们非要买的架势,大人们这才回过神来,"不过小孩子不能吃,小孩子吃了会变成大灰狼的。"大人们接着补充道。

说罢,拖着孩子往回走。

看见围观的群众即将散去,小贩急了,这眼看就到手的生意怎么能让它跑了呢?她飞快地把盖着木桶的半张麻布全部掀开,只见白花花的豆花嫩嫩的,在桶里左右晃动着,让人看着心里就痒痒。小贩接着大声喊道:"小孩子吃了才好,哪里会变大灰狼。"

见没人回应,她继续大喊:"你们摸摸,可冰凉呐,吃进去肚子不知道有多凉快。"然后,她用手在那桶豆花上左右比画着,做出一副感受到冰凉气息后的舒适状。

人们大多已经离开,但远远听见小贩说的"冰凉"二字,脚步立马停住了,他们又纷纷转身回来。就像干涸的大地遇见水,蚂蚁遇见糖,夏季里的人们在冰凉的食物面前是毫无招架之力的。那就狠下心挥霍一回吧,买一碗豆花,满足一下自己内心对清凉的渴望。人们赶紧回家找出锅碗瓢盆,围了小贩一圈，要买她的豆花和凉粉。

三妹也想吃，三妹长这么大也就吃过一回豆花。见她阿婆拉着她回家，她哭得很厉害，哭着哭着竟在地上打起滚来，全然忘记了自己曾经因为偷吃盐巴而被痛打的经历。

"不给我买，我晚上就不回家！"三妹哭着叫嚷。

三妹的阿婆哪儿能饶得了她，举起巴掌就打，一边打一边骂道："我打死你个不听话的，吃了豆花，明天你就只能吃盐巴下饭。"

通嫂打得很厉害，但三妹的哭声非但没有停止，反而越发厉害了。打骂是不可能浇灭三妹想吃豆花的欲望的，当年偷吃盐巴挨过的板子也不少，如今为了豆花，这点疼痛根本算不了什么。三妹直接用上了腿，她两条腿也跟着绕紧了通嫂，两只手不停扒拉通嫂的裤腰带。

眼看裤子就要被拉扯下来，通嫂又羞又气，最后"扑哧"一下笑了。"真拿你没办法，你个调皮鬼！"通嫂掏了两毛钱，给三妹买了半碗豆花。

我比三妹幸福，我时常能吃到豆花，因为我的阿婆有钱，也因为阿婆比我更馋。村口小贩的叫卖声刚响起，阿婆就迫不及待地回家拿碗了。她每次都要买一大盆，家里每个人都能吃得到。所以相比三妹对于豆花的强烈渴望，我对豆花就没有太多的感受。人总是这样，对于常常能吃到的食物，是不会觉得稀罕的，即便它再美味，于我而言，也不过是平常日子里再寻常不过的滋味。

和我一样，阿妈也没有被豆花吸引，不过除了家务和那些能挣钱的活儿，好像也没什么东西能吸引她。新村街头巷尾、屋前屋后唠嗑的人群里是不可能有阿妈的身影的，因为她总有忙不完的活儿，她没那么多工夫跟别人聊天。她常说，有得忙才好，才有米下锅，我和阿弟才有钱读书。

阿妈又接了两百多条裤子回来，能全部缝完的话，可以赚差不多 20 块钱。昏暗的烛光下，阿妈拿着针线，认真地缝着裤脚，四姨在一旁帮着穿线。四姨的手脚很慢，常常阿妈一根针线用完，四姨的线还没穿好。阿妈急了，会骂四姨："你快点啊，我要像你动作这么慢，早都饿死了！"

阿妈骂的这个四姨，是她唯一的妹妹。在我看来，四姨善良又老实，脾气还很好，无论阿妈怎么骂她，她都不会生气。"呵呵，我抓紧，你稍等一下。"四姨笑着说。

这样的对话，这样的时刻在我过去的生活里常常出现。好像家里需要人帮忙的时候，四姨就会出现，她是家里的常客。

四姨说，那年她还是个中学生，有一个小伙子喜欢她，总是在路口等她放学。他会远远跟着她回家，直到看见她走进家门才离开。年轻少女,没有经历过爱情,对这种举动是不能理解的,甚至开始出现反感的情绪。几次之后,四姨对那个男生由无感转变成了心生厌恶,她气愤地把这件事告诉了阿妈。

在华溪村,阿妈是个风云人物,读书好,年富力强,人又漂亮,不仅如此,阿妈的胆子还很大。那天放学,小伙儿又准时出现在了村口,他左等右等没有等到四姨,而是看见阿妈朝他冲了过来。阿妈二话不说,上去就给了小伙儿一拳,然后,俩人扭打在了一起。结果可想而知,女篮球队长阿妈赢了。小伙儿吓得魂飞魄散,从地上爬起来后撒腿就跑,从此再也没有出现过。

"假若我当年不把他打跑,你说你们会不会在一起呢?"阿妈斜着眼看着四姨。

"别拿我取笑了,我又不喜欢他。"四姨涨红了脸。

那应该是四姨第一次被人追求吧?尽管结局是无果的,但我想,在四姨的心中一定不可能忘记那段回忆,那是一个少女最青春的时刻。

阿妈和四姨一边干着活儿一边回忆着往事,快乐又温馨,欢声笑语在屋里久久回荡。

四姨是在我出生后来到我们家的,那时大家要去上班,没人带我,阿妈就把四姨叫了过来。那一年四姨刚满18岁,花儿一样的年纪。她哄我睡觉,喂我吃饭,还给我买好吃的冰棍。只要她外出,一定会用口盅给我带几根冰棍回来。远远看见她,我就会朝她飞奔过去,第一时间揭开她手里的口盅盖。然后在她身边一路蹦蹦跳跳跟着她回家。阿妈得知四姨又给我买冰棍,会骂她,叫她下次别再买。但下次,四姨还是会给我买我最爱吃的冰棍。

后来,四姨嫁人了,生了我的表弟,便很少再来新村了。我想她,会骑着阿爸的28寸男式自行车去她家找她,下了课就去。

四姨的家,要穿过牛圩的几条小巷,还要走完三条长长的大马路才能走到,我第一次去,觉得路途很遥远,怎么骑都骑不到似的。几次以后,当我对路线熟悉了些,感觉就不一样了,不会再因为道路陌生和目的地遥远而心生恐慌。后来我长大了,某天再去,忽然就发现她家很近很近。我还是骑着那台自行车,内心认准她家,一心一意、心无旁骛地骑了过去,竟然很快就到达了。

也许,人在长大,看到的世界大了,脚下的路便会越发感觉短了,连家乡也跟着变小了。

几年后,我也跟着阿爸阿妈搬离了新村。功课越发繁重,我几乎没机会再骑着那辆28寸自行车去找四姨,见她的次数就很少了，有时一年也难见上一面。再见到她时，我发现她苍老了许多，昔日的青春粉嫩全无，脸上皱纹道道，雀斑点点。见我来，她很激动，弯着腰缓缓向我走来："想吃冰棍吗？ 走，给你买去。"四姨牵着我的手对我说。

在她的记忆里，冰棍是忘不了的符号。其实，我也很想告诉四姨，那也是我难忘的一段记忆。她那口旧口盅里装着的满载爱意的冰棍和昏黄灯火下她和阿妈的窃窃私语，都是我梦中最温暖的回忆。

再见，新村

　　30多年过去了，现在依旧生活在新村的原住民，从几十户减少到了几户。我每次回去看望阿公阿婆，都要到村子里走走，希望能碰见几个熟悉的人，和他们回忆一下过往，聊聊小时候的事情，几乎每次都是失望而归。偶尔我会遇见一两个老人家，但他们已经老得认不出我，自然也没法聊些什么。岁月的河流在他们的脑海里逐渐干涸，想说也找不到共同话题了。

　　和阿公阿婆见面，我们大多也只是默默地坐着，阿公本来话就少，年轻时就不怎么爱聊天，阿婆又不知道该跟我们聊些什么，于是除了祝福，别无他言。见面的意义，就成了年轻人图个心安，老年人图个团圆罢了。

　　"阿公阿婆，这是给你们的利是，拿去买吃的吧。"我递给阿婆我的一点心意。

　　"妹子乖，有心了，祝你身体健康，财源广进。"阿婆给我送上了连串祝福。这是她每次见面都会对我说的话。

　　终于，我们的身份角色互换了。小时候是他们给我利是，现在，我扮演了他们的角色。

新村的故事是写不完的，即便我如今写下来，也仅仅代表着我的一小部分记忆。

我想，这么多年过去，我的小伙伴们大多和我一样，已为人父、为人母了吧？不知你们是否还记得，在新村这片土地上，我们曾尽情地挥洒过汗水和热血，曾放肆地放飞过希望和梦想？是否记得，我们曾把欢笑、泪水和对这个世界懵懂的认知毫无保留地分享给彼此？是否记得，当年村口迎风飘扬的大红花、炎热夏日里沁人心脾的凉粉、过年时走街串巷"收鹅毛"的叫喊声、一根根浸满海水味的礜簪螺？那是年少时，我们对这个世界最初的感知。我希望你们记得，假如没有，我希望你们至少能记得那些为了生活、为了理想而努力拼搏的新村人，记得他们当年也曾和我们一样，朝气蓬勃、年轻美丽，而今却白发苍苍、皱纹满面。或许，你们还应该记得他们来去匆匆的忙碌身影。我还希望你们记得，那些化作天边云彩的已经离去的老人，无论如何，我们曾经相遇在新村，并在彼此的生命里留下或深或浅的印记，这些都是我们余生中不该忘怀的记忆。

阴雨季节一过，大红花漫山遍野地盛开了，红艳似火，我顺手摘下一朵，放在嘴边抿了一口，那汁液香甜可口，就像记忆中的味道。我把它戴在头发上，在翠绿的青草地上跳着、跑着，轻快得像个孩子。我仿佛又回到了旧时的新村，回到了那段旧日时光，那时的我们，肆意张扬，至情至性。

只是仿佛，也只能是仿佛，再也回不去了，我的青春，我的新村。那么，就微笑着和他们道别吧。

再见，新村！

再见，青春！

2021 年 2 月 22 日于家中

后记

当听说出版社要给我出书时，我的第一反应是兴奋的。这么些年，零零碎碎写了不少东西，光日记就写了十多本，能把其中的部分集结成册，也算是给这些文字安了个家，心里自然高兴。但当我坐在电脑前，安安静静地整理这些文稿时，我的内心却犹豫了：这些零散的、稚嫩的文字，怎么能拿出来给大众阅读呢？我把我的顾虑告诉了家人，并怀着忐忑的心情把文稿发给他们，希望他们都读一遍，给我提供意见，自然，他们成为我的第一批读者。没想到，他们对我的写作表示了肯定，并鼓励我继续写下去。说真的，我是一个从小就不太自信的人，即使在自己擅长的播音主持领域，也常常战战兢兢、如履薄冰，一想到要在陌生的领域有所尝试，内心更是惶恐。家人的鼓励给了我很大的勇气，于是我花了大半年时间整理文字和书稿，才有今天呈现给大家的这本书。

假如你们有耐心读到最后，你们会看到我写的关于小时候的回忆，那些都是我真实的经历。我希望你们在看这些故事之余，也能看到一个个鲜活的个体，他们在逆境中挣扎，在人世间摇摇晃晃，但永不言弃。如果此时的你，也恰巧处在某个和我过去一样的时刻，又恰巧因为我的故事，让你对生活有了更多的勇气和信心，那么这本书就有了它存在的意义和价值。

从过去到未来，人的思想每时每刻都会发生变化，更别说过去和未来。跨越漫长的岁月重温那些稚嫩的片段，我们会有不安，会有焦虑，这是人之常情。但有一点可以肯定，我是真诚的，也在真实地展现生活，并诚恳地接受批评。我一直以为，不管是写文章还是做人做事，都要以诚待之，这也是我一贯坚守的原则。希望通过这本书，你们能看到我的真诚。

我想谢谢我的大圣宝宝，是他让我在而立之年第一次感受到了作为母亲的喜悦。在陪伴他成长的过程中，我翻开了童年的回忆，获得了新的体验，这仿佛让我又多活了一回。同时，他也给了我灵感，让我有决心整理这些文字；我还要谢谢我的家人，是他们的鼓励让我有勇气把羞于拿出来的书稿，坦诚地展现在大家面前，谢谢他们为我安顿好起居饮食，协助我照顾好我的孩子，给了我整理书稿的时间和空间。当然，我也要谢谢我的每一位热心的观众，是他们的支持与喜爱，让我重拾了旧时的兴趣，并给了我信心，让我在未来的日子里，勇敢前行。

谢谢过去遇到的每一个人，他们丰富了我的内心，充盈了我的世界。人生走到最后，不过是一场孤独的旅行，因为有你，我并不孤独。

出 品 人：许　永
出版统筹：海　云
责任编辑：许宗华
特邀编辑：雷　彬
责任校对：雷存卿
封面设计：Amber Design
版式设计：万　雪
印制总监：蒋　波
发行总监：田峰峥

投稿信箱：cmsdbj@163.com
发　　行：北京创美汇品图书有限公司
发行热线：010-59799930

创美工厂
官方微博

创美工厂
微信公众号